つごもりの夜にもういちど
Kazuya Nakahara
中原一也

CHARADE BUNKO

Illustration

小椋ムク

CONTENTS

1

どこにいたってすぐにわかった。

狐の面を被り、浴衣に羽織を着て祭りの人混みに溶け込んでいても、簡単に見つけられた。朱色の提灯が闇を彩る中、ひときわ長身の彼が目に飛び込んでくるなり周りの空気が密度を増した錯覚に陥る。息が苦しくなるのは、酸素が足りないからではない。多すぎて、満ちすぎて、胸がつまるのだ。

軽く手をあげて呼ぶと、吉乃に気づいた彼は面を額まであげて顔をさらした。吉乃も頭の上まで面をずらす。

「あ、吉乃。もう来てたのか」

「遅いぞ、ひまわり」

二十五歳になった彼をそう呼んだのは、再会した時以来だ。

「やっぱそっちの呼びかたもいいな」

ひまわりとは彼のニックネームだった。本当の名前は「向葵」だが、漢字の向日葵に似ていることから中学から高校にかけてはみんなに「ひまわり」と呼ばれていた。吉乃はそれを本当の名前だと思っていた時期もある。

適度に日焼けした肌。鋭い二重を誠実さとおおらかさが覆っている。子供の頃は小振りだった鼻は、成長するにつれて男らしく迫り出し、厚めの唇はふくよかな印象から性的な色合いを見る者に感じさせるようになっていた。

駆け抜ける駿馬(しゅんめ)のような、屈強なだけではないしなやかさを備えた肉体と、何をも恐れないまっすぐな視線が向葵を魅力的な青年にしている。そして何より、艶のある低めの声が彼に独特の色香をもたらしていた。

それは時折、吉乃の下腹や首筋に働きかけてくる。そんな時は決まって、後ろめたさを伴った拍動が打ちあげられる花火のようにふいに襲ってくるのだった。

「お面つけてたのにわかったのか？」

「周りより頭ひとつ出てるだろ。すごく目立ってるから目についた」

「吉乃も目立ってるよ。そこまで長髪だと浴衣似合うな。しかも艶々だし、枝毛なんて一本もなさそう」

向葵は腰まである吉乃の髪を指で摘まんで、毛先をしげしげと眺めた。

「そんなことないと思う」

「ところでなんだよ、その怪しげなお面」

目と口の部分だけ細い切り込みを入れた不思議な白い面は、蔵の中で眠っていたものだ。

数日前に見つけた。初めて見るのに懐かしい気がして、持ってきた。

「なんだろ。妖怪かな」

「なんか吉乃の周りの空気だけ違うぞ」

「こんなお面見ないもんな」

「お面はあんまり関係ないと思う」

「髪が長いからじゃないのか？」

「単に見た目の問題じゃない。それにウィッグつけてる奴も大勢いるけど、吉乃の髪は本物だから綺麗だ」

綺麗だ。

他意のない純粋な褒め言葉でも、彼の声に乗ると何やら違う響きが伴う。聞き流そうとしても、一度意識するとどうしようもない。

「だけどすごいな。幻想的っていうか、ちょっとこの世じゃない感じがする」

向葵は髪から手を離し、周りを見渡した。

どどん、どどん、かん、どどん、かん、かん、と響く太鼓。子供の笑い声がそこらじゅうに溢れている。集まった人の多くが面を被っていた。浴衣に羽織をまとった格好の者も多い。いわば日本式仮面舞踏会といった雰囲気で、怪しげな非日常が広がっていた。

狐、狗、猫、鬼、翁、媼、火男。あらゆる面が行き交っている。人ならぬ者が紛れても、誰も気づかないだろう。

この土地特有の秋祭りは、鼓面（こめん）を横にした太鼓を腰に括りつけ、両手に持ったバチで叩（たた）きながら踊るのがならわしとなっている。そうやって、実りに感謝するのだ。面をつけることで「個」を消し、善人も悪人も、仲の悪い者同士も、今夜だけはすべて忘れて神のために踊りを奉納する。

テレビで取りあげられたのをきっかけに観光客も来るようになったが、踊りに参加できるのは昔ながらの面を被った地元の人間だけだ。地域単位で構成されたグループが同じ衣装に身を包み、一糸乱れぬ動きで独特の踊りを披露する。

途切れることなく太鼓を叩きながら右に左に躰（からだ）を大きく傾け、回転し、屈んでは飛びあがりと、その動きは激しい。無言で踊っているが、地面を踏み鳴らす音や衣擦れの音、装飾品がジャラジャラと鳴る音。さまざまな音が交ざり合ってひとつになり、荘厳な雰囲気を醸し出していた。

趣向を凝らした衣装は派手で、神に奉納する踊りは激しければ激しいほどいいとされている。頭の被りものには動けば音が鳴るような飾りが多く使われ、面は灯りの加減で表情があるように見えた。

まさに圧巻のひとことで、沿道から取材クルーが撮影している。

その時、ふいに手を取られた。恋人繋（つな）ぎをされる。関節が太い男っぽい手だった。

「なんだよ」

「どうせ顔なんてわかんないんだからさ、いいだろう?」

そう言って吉乃の面を下げ、自分も面で顔を隠す。

他人の目が気になるからなのか、それともこの行為自体になのか、耳元で彼の声を聞かされた時のように心臓が激しく躍りはじめた。繋いだ手は握り返していいかわからず、上手く動かせないというのに。

浴衣の合わせから覗く胸板に目が行き、吉乃は捉えどころのない感情に見舞われた。はだけているわけでもないのに、普段と違う服装だからか、隙間に潜む男の色香を敏感に捉えてしまう。もろ肌脱いで無邪気に遊んでいたのが、はるか昔のようだ。草履を履いた足にさえ、男を感じて目を奪われる。

心音より少し速いリズムで鳴らされる太鼓も、吉乃の心を掻き乱していた。響いてくる音に共鳴するように、苦しいくらいに高鳴っている。

「何見てるんだよ?」

「べ、別に」

「俺に惚れるなよ」

「何が惚れるなよだ。図々しいな」

出会った時は、まだ子供だった。吉乃よりもずっと背は低く、ひょろひょろと頼りない躰つきで、今のように艶のある低い声でもなかった。小鳥の囀(さえず)りみたいな澄んだボーイ・ソプラノは耳に心地よく、そんな彼をかわいがりもした。

目線の高さが逆転したのは、いつだっただろうか。気がつけば、吉乃より逞(たくま)しくなっていた。自分が護らなければと思っていたのに、今はむしろ吉乃のほうがそう思われているかもしれない。

「そういや、さっき金魚が歩いてたぞ」

「金魚？」

「あ、あそこにいる。ほら、出目金と並んでるだろう」

向葵が指差すほうを見て、思わず笑った。頭に金魚をすっぽり被った二人組は、友人同士だろうか。金魚に首から下の人間が生えた姿はシュールで、かなり目立っている。あそこまで手の込んだことをする人はめずらしい。この時とばかりに遊び心を取り入れた仮装にデジカメを向ける人もいた。

「吉乃と来たかったんだ。この祭り」

「うん、俺も向葵と来られて嬉(うれ)しい」

朱色の灯りが、二人を導くように並んでいた。このまま時がとまってしまえばいいと願わずにはいられない。幻想的な雰囲気の中にいると、不思議な力が働いてくれそうな気さえするのだ。

「向葵、また背ぇ伸びた？」

「わかるか？　俺、まだ成長とまらないんだ。成長期なんてとっくに過ぎてるってのに、時々関節がギシギシ言う」

「そんなわけないだろ」

「あるんだよ。寝てると音がする」

彼だけが速く歳を取っていくなんて、いまだに信じられない。そんな病が存在していることなど、つい最近まで知らなかった。

けれども目の前の彼は、急速に成長してきた。会うたびに男っぽさを増していく彼を、同じ一人の人間だと気づかないほどに。

なぜ、彼の時計だけが狂ってしまったのだろう。なぜ、彼だけが急いで生きなければならないのだろう。これまで幾度となく繰り返した問いは、誰に答えられることなく、吉乃の中で澱となっていく。

「吉乃とずっとこうしていられたらな」

自分に向けられる溢れるような好意に、胸がつまった。すっかり大人だというのに、子供の頃の面影を残す彼に、恋い焦がれる自分をいやでも見せつけられる。

急速に駆け抜ける彼と同じ速度で歳を取りたい。同じ景色をずっと見ていたい。

叶わぬ願いは日を追うごとに増幅して吉乃をいっぱいにする。

置いていかれることには慣れているのに、彼にだけは先に行かないでほしかった。

孤独な薄桃色が、春爛漫を謳っていた。

庭に一本だけ生えたソメイヨシノは満開を迎えており、時折吹きつける強い風に花びらが舞っている。次々と生まれる命の声が聞こえてきそうなほど、それまで黙りこくっていた世界が一斉に目を覚ました。芽吹いたばかりの植物は太陽の光を浴びて青々と葉を広げ、穴倉に隠れていた動物たちは活動的になっている。

山の中腹にある日本家屋の別荘は敷地が広く、四季折々の景色は見事だった。

それなのに、吉乃の心はこの春を謳歌するには至らなかった。置いていかれたみたいな気持ちになるのは、移ろう季節の中で自分だけが同じような日々を繰り返しているからだろうか。

病気療養のためにこの別荘地で暮らすようになってから、随分経つ。

この地には古民家のような古い建物が多く、カフェや図書館などの施設もあり、雑貨店も充実していた。歴史ある温泉街といった雰囲気だが、観光客が押し寄せるところでもない。連休に人でごった返すこともなく、時間は穏やかに流れるだけだ。吉乃の屋敷は別荘地の中でも奥まった場所に位置し、隣の屋敷との距離もある。裏手には深い山が広がっていて自然を満喫できるが、若い吉乃には退屈に感じられる。

吉乃は二階の窓辺に腰を下ろして、上空で仲よさそうに囀る二羽の雲雀(ひばり)を見あげていた。無意識にため息が漏れる。

「お前らはいいよなぁ。俺も飛べたらなぁ」

色素の薄い艶やかな髪が、春の柔らかな日差しの中で天女の羽衣のように光を放っていた。雪をも欺く白い肌。角度によって微かに緑がかって見える黒い瞳。まなじりには、気の強さが浮かんでいる。淡く色づく唇はどこか儚(はかな)げだが、いったん口を開くと上から目線の言葉が飛び出すことも多かった。

ずっと前に二十三歳の誕生日を迎えていたが、もう少し若く見えるのは細身の躰が白シャツの中で泳いでいるからだろう。

その時、どこからともなく子供の声が聞こえた。弾かれたように立ちあがり、手摺(てす)りから身を乗り出して耳を傾ける。風に乗ったそれを捉えると、部屋を出て階段を駆けおりていった。

「坊ちゃま、いかがなされましたか?」

「子供の声がする!」

吉乃は執事の柊(ひいらぎ)にそう言った。白髪頭で和服に身を包んだ彼は、この屋敷のあらゆることを取り仕切っている。何人もいる使用人たちに指示を出し、長年吉乃の身の回りの世話をしてきた男だ。丸い眼鏡の奥には、いつも優しく笑う目がある。

「子供、でございますか」

「そうだよ、子供だよ。ほら、聞こえるだろ？」

「はて、聞こえますでしょうか？」

「森のほうからだ。迷子かもしれないから、ちょっと見てくるよ」

「あまり遠くに行ってはいけませんよ」

「わかってる！」

口うるさい執事にそう言い放つと、屋敷を飛び出した。療養の日々を過ごしていると、こんなことすら大事件だ。何か出会いが待っているのではと、心が躍る。

「どこだ？」

声を辿って森に入り、足早に進んでいった。次第にはっきり聞こえてくるそれに、ますます期待が高まる。

あそこだ。

声の出どころがどこかわかり、吉乃はガサリと茂みを掻き分けた。すると、小さな子供が蹲って泣いている。四、五歳だろうか。おそらく迷子だ。

この森は車輛の乗り入れはできないものの、山歩きが楽しめるように整備されていて子供でも楽に登ってこられる。だが、いったん山道を外れると、深い茂みが多く、似たような景色が続くためもとの道に戻るのが困難になる。特に子供はすぐに迷うだろう。両親と山菜採りにでも来てはぐれたのなら、心細くて泣くのも当然だ。

「おい、子供。何泣いてるんだ?」

声をかけるとビクッと躰が跳ね、恐る恐るといった様子で顔をあげた。泣きはらした目には怯(おび)えがある。いったん吉乃と目が合うと怖くて目が逸らせなくなったのか、じっと見つめ返してくる。

「迷子か?　お前、名前は?」

長年別荘暮らしをしている吉乃は友達がいないせいで、この歳になっても口の利きかたを知らない。高飛車に聞こえる言いかたなのは、身近にいるのが使用人ばかりだからだ。悪意はないが、子供が身構えても仕方がなかった。

「おい、聞いてるんだぞ」

答えは返ってこなかった。吉乃を凝視したままひっくひっくとしゃくりあげている。さすがの吉乃も自分の言いかたが悪いのだと気づき、相手を刺激しないよう手を伸ばして近づいていった。肩から斜めにかけている鞄(かばん)を見ると、マジックで名前が書かれている。

「逃げるなよ～。ちょっとそれ貸してみな。えーっと……なんだ、こっち向きか。ユ……ウ、キ?　じゃない。ユウ、か」

消えかかった文字をなんとか読むと、また目が合った。自分が怖がられているのはわかったが、構わず一方的に話しかける。

「お前、ユウか？　よし、ユウだな。ユウはどこの子だ？」

わからない、とばかりに首を横に振るユウにため息をついた。家が近くなのかと聞いても、また横に首を振るだけだ。

ふもとまで送ってもいいが、遠くに行くなと言われている以上無断で山を下りるわけにはいかない。一度屋敷に連れていき、使用人に送らせるべきだろう。

「おいで、ユウ。俺の家に来い。あとでお袋さんのところに送ってやるから」

手を差し出すと、恐る恐る手を伸ばしてきた。小さな手をそっと摑んでやる。いったんそうすると、今度はギュッと握り返してきた。自分の腰ほどの背丈しかない子供に頼りにされると、庇護欲が搔き立てられるから不思議だ。

「一人で来たのか？」

「あ、あのね……っ、お友達とね、遊んでたの。そしたらね、蝶々がいてね、追いかけてたらみんなとはぐれたの」

「お、やっと口を開いたな。そっか。ここ森が深いもんな。迷うのも当然だよな。大丈夫だよ。俺はこの辺りはよく知ってる」

「ほんと？」

「ああ、本当だ。もう迷わないから安心しろ。腹減ってないか？」

「うんとね、ちょっと空いた」

「そっか。じゃあうちでなんか食べてくか？　うちのご飯は美味しいぞ。房枝っていう料理上手の使用人がいるんだ」

屋敷に戻ると、柊がそわそわしながら待っていた。目の届かないところに行くと、いつもこうだ。過保護すぎると思うが、両親から吉乃を預かっている身だから責任もあるのだろう。

「坊ちゃま、また何を連れて……おや、子供ですね」

「だから言っただろ。子供の声が聞こえるって」

「そうでございましたね」

「友達と遊んでてはぐれたんだって。お袋さんに連絡してやろうと思ってさ。それよりお腹空いてるみたいなんだ。房枝になんか作るよう頼んで」

「承知しました。小さな坊ちゃまは何をご所望ですかな？」

柊はユウの前にしゃがみ込んで目線の高さを揃えた。なるほど、小さな子相手にはそんなふうに接すればいいのだ。初めて知った。

白髪交じりの老人の柔らかな態度に、ユウはすっかり心を開いたようだ。ついさっきまで泣いていたのが嘘のように、元気な声を張りあげる。

「スパゲティ！」

「それでは用意させましょう。坊ちゃま、しばらくお相手してさしあげてください」

「わかってるよ」

「これで退屈せずに済みますね」

自分のほうが遊んでもらうような言いかたに、吉乃は唇を少し尖(とが)らせた。ほほ、という笑い声とともに、眼鏡の奥にある柊の目が細くなる。

吉乃は食事の準備ができるまでの間、二階の部屋にユウを招いた。畳の床には絨毯(じゅうたん)が敷いてあり、フレームにマホガニーを使ったアンティークベッドとデスクが並んでいる。窓辺には一人がけのソファーとコーヒーテーブルが置かれていて、西洋文化が入ってきたばかりの頃の日本を感じさせた。

「ユウはこの辺りの子か？」

「ううん。お祖母(ばあ)ちゃんちに遊びに来たの。お母さんと二人で。お父さんはまだお仕事が終わらないから、もうちょっとしたら来るって」

「ふーん。どこに住んでるんだ？」

「東京」

「東京？　なんだ、この土地の子じゃないのか。何歳だ？」

聞くと、ユウは親指を手のひらにつけて指を四本立てた。

「四歳。お兄ちゃんは？」

「二十三。ユウより二十近く上だ」

「どうして僕をユウって呼ぶの？」

「呼び捨てが嫌なのか？　お前のほうが年下だぞ」

「じゃあユウでいい！」

ユウは歌が好きな子供だった。テレビの歌番組を楽しみにしているらしく、次々と好きな歌手の名前をあげる。

「なんだよそれ。全然聞いたことないな」

「お兄ちゃん知らないの？　テレビは観ないの？」

「テレビ？　うちにはない」

家にテレビがないのがそんなに不思議なのかと思うほど、ユウは驚いた。それなら聞かせてあげると言い、ゴミ箱を帽子のように被り、モップをマイクスタンドにして歌いはじめる。ユウの透きとおった声は耳に心地よく、子供のくせに大人びた歌詞を口にするのがおかしかった。おそらく内容は理解していないだろう。

女に去られる男の切なさを歌いあげたユウは、最後にゴミ箱の帽子を放り投げて決めポーズで締めた。盛大な拍手で絶賛してやると、ユウは満足げに次の歌を披露する。

しばらくすると、柊が呼びに来た。

「さぁ坊ちゃまがた。ナポリタンができましたよ」

「ユウ、準備できたって」

「わ～い、スパゲティ！」

一階に下りていくと、ふくよかな躰の房枝が盆に皿を載せて座卓に運んでいるところだった。満面の笑みを浮かべるつぶらな瞳の彼女を見ただけで、食欲が湧いてくる。

「お兄ちゃん、見て！　美味しそう！」

「美味しそうじゃなくて美味しいんだぞ。房枝の料理は世界一なんだからな」

「まぁ、坊ちゃま。お上手ですこと」

小さな客人に房枝も料理の腕が鳴ったようだ。座卓について「いただきます」と声を揃える二人を嬉しそうに眺める。口の周りをケチャップだらけにするユウを見て、弟というのはこんな感じなのかと、兄弟のいる日常を想像した。

きっと騒々しいだろう。わがままを言われたり、大事にしているものを壊されたりするかもしれない。けれども使用人以外の人と滅多に接することのない生活よりも、楽しいはずだ。

ユウに言ったとおり、ナポリタンは世界一だった。

甘いケチャップはきちんと酸味が飛ばされていてコクがあり、もっちりとした弾力のある極太麵によく絡んでいた。子供向けにスパイスはほんのわずかにし、ベーコンではなく

赤ウインナーを輪切りにしたものが入っている。薄くスライスされたマッシュルームは独特の歯応えで、食感を残した玉葱もいい仕事をしていた。

「あら、坊ちゃま。ピーマンも召しあがったのですね」

「当たり前だろ。好き嫌いは駄目だからな」

本当は苦手だったが、小さなユウが平気な顔で食べている前で残すのは年嵩の者としてプライドが許さない。残さず食べた吉乃に、房枝は満足そうに笑っていた。

腹が満たされると、庭に出てキャッチボールをした。友達の間では野球が流行っているという。庭師のおかげで地面は青々とした芝で覆われていて、転んでも痛くない。二人とも決して上手とは言えず、あっちこっちに転がる白球を追うのも楽しい。

「坊ちゃま。おやつもご用意しております。しばし休憩されてはいかがです？」

「ユウ、おやつだって」

「やったーっ！」

柊がココアとプリンを運んでくると、ユウは目を輝かせて喜んだ。

太陽があっという間に空を横断し、夕暮れの風が庭を訪れる頃には少し肌寒くなってくる。気がつけば、すっかり遅い時間になっていた。こんなに小さな子をいつまでも引きとめておくわけにはいかない。

「そろそろユウを送っていかないとな」

「さようでございますね」

わかっていたが、また明日から退屈な日々がはじまるのかと思うと憂鬱に襲われる。

「俺も一緒に行くよ」

「いけません。躰に障ります」

「なんでだよ。俺も行けないならユウは屋敷に泊まらせる」

ついいつものわがままが出てしまうが、柊は吉乃の気持ちを十分わかっていたようだ。

承知しました、と頭を下げ、山歩きしやすい服に着替えて吉乃にも上着を持ってくる。

「では、誰とも話をしないように。風邪などうつされると困ります」

「大袈裟(おおげさ)だな」

「言うことを聞いてくださらないのなら留守番です」

「わかったよ」

わがままが過ぎると、本当に一人だけ置いていかれそうで渋々頷(うなず)いた。

「ユウ、家まで送ってやるよ。寒くないか？　遅いって怒られたら、兄ちゃんが引きとめたって言っていいからな」

「うん！」

執事の柊とユウを挟んで手を繋ぎ、一緒に山を下りた。ユウと一日遊んで元気が出たのか、まったく疲れない。病気など治ったのではないかと思うほど、心も躰も充実している。

「ユウは楽しかったか？」

「うん！　また遊びに来ていい？」

「いいぞ〜。ケーキ用意しとくな」

「ほんと？　じゃあ僕は歌を教えてあげる。次に会う時までにちゃんと覚えてね」

「わかったよ。今度な」

「駄目。今から！」

ユウは歩きながら歌いはじめた。透きとおった声で男の哀愁を歌うユウに、柊も笑っている。よほどこの歌が気に入っているようだ。

街に着く頃には日は落ちて、街灯がついていた。人気の途絶えた道を歩いていると、弾んでいた心がしぼんでいく。電気店の前に置いてあるテレビの中では、女の子の二人組が踊りながら歌っていた。

「祖母ちゃんちってどの辺だ？」

「うーんとね、この近く。あ、お祖母ちゃんちあった！　お母さーん！」

ユウは声をあげたかと思うと、繋いでいた手を解いて駆けていった。車が停まっている民家がそうだろう。振り返りもせず玄関の中に飛び込むユウに、長い時間屋敷に引きとめていたことを反省した。もう少し早く送るべきだったと。

「坊ちゃま、行きましょうか」

「お袋さんに声かけなくていいか。遅くなって怒られないかな」

「大丈夫でしょう」

ただいま、と元気に響いてくる声に「そうだな」と踵を返す。すっかり冷たくなった風を頬に受けながら、吉乃は心の中でそっとつぶやいた。

俺につき合わせてごめんな、と。

「お母さん！」

浴衣を着た子供が、面を外して辺りを見回す女性のもとへ走っていった。子供の頃の向葵を思わせる後ろ姿に、目を細める。出会った当初は、あの子くらいだった。鞄に書かれた「コウキ」の文字を「ユウ」と読み間違えたのは、マジックが消えかかっていたからだ。

「なぁ、吉乃。リンゴ飴喰うか？」

「そんなの子供が食べるものだろ」

「大人も食べたっていいだろう。買ってやるから」

「何が買ってやる、だ。お前が食べたいだけじゃないか」

「俺は吉乃がリンゴ飴囓ってるの見たいんだよ」

「なんだよそれ」

「いいからいいから」

強引に手を引かれ、無理やりリンゴ飴の屋台まで連れていかれた。ひとつください、と身を乗り出す向葵の後ろで待っていると、屋台の親父が余計なことを言う。

「お兄さん色男だね。これカノジョに?」

「何がカノ……」

顔を見せて反論しようと面に手をかけたが、向葵に手で軽く制される。

「そうなんです。俺の大事な人」

恥ずかしげもなくそんなふうに言われ、口を噤んだ。きっと顔が真っ赤だ。面を外そうにも外せない。これ以上からかわれないよう、屋台のほうに背を向ける。

「いいねぇ、若いってのは。一番美味しそうなの選んどいたから。カノジョによろしく」

「どうも」

釣り銭を受け取ると、再び歩きだした。

「なんだよあの親父」

「そう怒るなって。ほら、リンゴ飴。よろしくってさ」

「何がよろしくだよ。目の前にいるのに、わざとらしい」

紙袋を受け取った吉乃は、中を覗いた。飴のたっぷりかかったリンゴ飴を取り出す。真っ赤なそれは、闇に浮かぶ朱色の提灯のようだった。

せっかく買ってくれたのだからと面を頭の上にずらし、舌先で味見をする。甘い。

「なんで一人ぶんなんだよ」

「俺は見てるほうがいい」

口元に視線が注がれている気がして、落ち着かなかった。歩きながら、時折チラリと隣に視線を遣る。にんまりと笑った狐の面は、物の怪か何かのようだった。

声は向葵なのに顔が隠れているからか、別の誰かと一緒にいる想像をしてしまう。物の怪が向葵に取って代わっていてもきっとわからない。けれども、同時に向葵自身が物の怪であるかのようにも感じるのだ。

これまで長いこと見てきた好きな人は、実は人ならぬ者で、今から自分をどこかに連れていこうとしているのかもしれない。

「何見てるんだよ。お前も食べたいならやるよ」

「違うよ。吉乃を見ていたいだけだって」

「いつからそんなたらしになったんだ？」

「だから惚れるなよって言っただろ」

「何が『惚れるなよ』だ」

昔は泣きべそかいてたくせに……、と心の中で続け、すっかり大人へと成長した向葵を瞳に焼きつけた。吉乃が追いつけないほど彼がずっと先に行ってしまっても、その姿をすぐに思いだせるように。

紅葉がライトアップされ、闇と朱の共演を楽しんだ。ざわめきと太鼓。ますます現実味が失われてきて、ふわふわした気分になる。

「なぁ、いい穴場聞いたんだ。行ってみないか？」

「穴場って？」

「行けばわかるよ」

いっそのこと、このままどこかに連れ去ってくれてもよかった。

「何？　俺に何かされるって警戒してるのか？」

「してないよ」

「そう。よかった。でもしないとは言ってない」

「！」

面の穴から覗く瞳は向葵のもののようでもあり、別の誰かのものにも見える。少し怖くて、けれども好奇心にも似た胸の高鳴りも同時に存在していて、動揺を悟られまいと無言でリンゴ飴を舐（な）め続ける。それしかできなかった。

「やっぱり俺にもくれ」

首の後ろに手を回されたかと思うと、グッと引き寄せられる。面を外しながら顔を傾け

てくるのは、間違いなく向葵だった。しかし、リンゴ飴ひとつぶんの距離にある彼は大人びた表情をしており、これまでに見たどんな人よりも色っぽい。成熟した、けれどもまだ余力を残した牡(おす)の色香に溢れている。

ガリリ、と飴が砕ける音とともに、自分の心臓も砕けそうだった。

ユウが帰ったあとは、静けさがより身に染みた。屋敷で過ごす一人の時間に慣れていたはずなのに、あれ以来、心の空洞が大きくなっていく気がする。

教えてあげると言われた歌は完全には覚えられないままで、それがますます吉乃の孤独を際だたせていた。記憶を掘り起こそうとしても、思いだせない。正確に歌える日が来るとは思えず、せめて記憶している部分だけは忘れまいと口ずさむ日々。

けれども季節がひと巡りし、ふた巡りし、暖かな日差しを浴びるソメイヨシノが緑の衣装に着替える頃には、サビの部分しか歌えなくなっていた。

「あ〜あ、あ〜あ、あああ〰〰、あ〜あ〜あ〜、あああ〰〰」

「坊ちゃま。もうずっとその歌を歌っておられますね。お寂しいのですか？」

「別にお寂しくなんかない」

八つ当たりしてしまうのをどうしようもできず、そんな自分がますます嫌になった。

「ごめん、柊。お前はちっとも悪くないのに、俺の気分につき合わせて」

「いいえ、坊ちゃまがおつらいのは承知しております。長い間、ここに閉じ込められたままなのですから」

「いいんだよ。何不自由なく暮らせてるだけでもありがたいと思わないとな。この歳になって仕事もせずにふらふら遊び暮らしてるなんて、俺くらいだよ」

「好きでそうされているのではありません。大人になられましたね」

「いつまでもガキのままってのもな」

寂しく笑い、再び窓の外を眺める。強い日差しに目を細めた。水を撒いたばかりなのか、庭師の手が入った芝生は小さな光の粒をばらまいたように輝いている。

「旦那様と奥様に、いつこちらへお戻りになるか聞いておきましょう」

「いいよ。二人とも仕事で忙しいんだから」

そうは言ったものの、やはり代わり映えのしない毎日にうんざりだった。しばらく一人で窓の外を見ていたが、柊が仕事に戻ると屋敷を抜け出す。門の前で大型犬を連れた夫婦とばったり会った。近くの屋敷に住んでおり、吉乃がここで療養していることも知っている。

「あら、こんにちは。おでかけですの？」

「こんにちは。ちょっとその辺を歩いてこようと思って。お前も散歩か？」

二本足で立って自分の存在をアピールする犬をくしゃくしゃに撫でると、ちぎれんばかりに尻尾を振った。動物でも飼えば気が紛れるかと思ったが、いつ体調を崩すかわからない身だと思うと、なかなか踏み出せない。

「もうすっかり夏ですからね。でも森は肌寒いくらいだから気をつけて」

「大丈夫です。すぐ戻りますから。じゃあ」

ご近所さんにまで躰のことを心配され、苦笑いした。昔からこの辺りの住人にはいろいろと気遣われる。遠くに行かないほうがいい。寒いから暖かくして。危ないから早く帰ったほうがいい。

厚意からの言葉だとわかっていても、衆人環視のようで息苦しくなることがあった。

「なんでみんなこう過保護なんだか」

少し森の中を歩くだけだと自分に言いわけをして、奥へ入っていった。

「あ～あ、あ～あ、あああ～～～、あ～あ～あ～、あああ～～～」

例の歌を口ずさんでいると、呼応するように小鳥の囀りが響いてきて心が晴れる。確かに日陰に来ると肌寒かったが、柊に内緒で一人森に遊びに来ている事実が心を軽くしていた。ひとときの自由は、お茶の時間に出されるめずらしいお菓子を口に含んだ時よりも優しい甘さで吉乃の心を満たす。

しばらく歩いていると、水しぶきと声が聞こえてきた。川に下りられる場所がすぐ近くにある。そこから下を覗いた。中学生くらいの少年が三人で釣りをしている。

「なぁ、ひまわり！　別の疑似餌持ってる？」

「あるよ。ほら。箱ごと渡すから好きなの取れよ」

「わ〜、投げるな！　あっぶねー。落とすところだった！」

「でも落とさなかっただろ？　それなくすなよ〜」

少年たちは清流に釣り糸を垂らしているが、いっこうに獲物はかからなかった。釣り糸は流れに運ばれるだけで、まったく反応していない。

「あんなに騒いだら魚逃げるだろ。馬鹿だな」

教えてやりたかったが、ユウの時みたいに情が湧いてそれきりになればあとで寂しくなると思い、出ていかなかった。そもそも少年三人で遊んでいるところへ大人が割り込んだら、せっかくの楽しい時間が台無しだ。

それでも立ち去る気にはなれず、物陰からそのまま眺めていた。

彼らは見ていて飽きない。しばらくは釣りを楽しんでいたが、馬鹿なことをしたがる年頃なのか、釣りに飽きるとふざけて踊ったり尻を出したり、「大物だ！」と言って友達の頭に魚取り網を被せたりしはじめた。

思いついたら即やらないと、気が済まないらしい。

特に目についたのは「ひまわり」と呼ばれている少年で、危険なことも平気でした。岩場の上で逆立ちをした時は肝が冷えたが、倒れそうになっても軽々と体勢を立て直す。まさに水を得た魚だ。躍動するしなやかな少年の躰は光そのもので、あがる水しぶきがいくらでも広がる未来を想像させた。自分にはないものだ。

「子供はいいな、自由で」

いつまでもこうしていると柊が自分の不在に気づいて心配するかもしれないと思い、屋敷へ戻ることにした。だが本当は、生きる力に満ちた少年たちの姿が吉乃には眩しすぎたのかもしれない。

「楽しませてもらったよ」

誰に伝えるでもなくそう言い残し、笑い声を背後に聞きながら来た道を戻っていく。それほど長い時間不在にしていたつもりはなかったが、屋敷の門の前では柊が待っていた。しまった、と慌てて柊のもとへ駆け寄る。

「ああ、坊ちゃま。お姿が見えなかったものですから」

「ちょっと散歩。大丈夫だって。そんなに遠くには行ってないから」

「散歩でしたら声をおかけくだされぱいつでもお供します」

「四六時中一緒にいるお前とか？　あ、ごめん」

「いえ、坊ちゃまの寂しさは承知しております」

「別にそんなんじゃないよ」

誰にも断らずに散歩がしたかった。ただそれだけだ。小さなことだが、時折息苦しくなる。

もう行くまい。そう心に決めた。自由な少年たちを見てわかったのは、出会ったものが面白いほど、そして眩しいほど、ここに帰ってきた時との落差が激しいということだ。どうしようもなく心がしぼんで、部屋に直行する。心は何日も水を与えられない鉢植えの植物と同じだった。葉はしなびて花も深く項垂れている。

けれども次の日、吉乃の決意を揺るがすできごとが起きる。

「なんだ？」

いつものように窓から外を眺めていると、塀によじ登って中を覗いている少年に気づいた。昨日、友達と一緒に釣りをしていた「ひまわり」と呼ばれていた子だとわかった時には、水を与えられた植物のように心がピンと張った。今日も釣り竿を持っている。

吉乃に気がつくと、少年は「見つかった」とばかりに敷地の向こう側に飛び降りた。慌てて足でも挫いたのか「いってーっ！」と声が聞こえる。怪我をしたのなら大変だと屋敷を飛び出したが、彼がいた塀の辺りを探してもどこにもその姿はない。退屈すぎて幻でも見たのかと諦めて屋敷に戻ろうとする。しかし、今度は何やら香ばしい匂いが漂ってくるではないか。

「焼き魚？」

スン、と鼻を鳴らして匂いのもとを探す。それは森のほうからで、吉乃は吸い寄せられるように歩いていった。焼き魚の匂いに釣られるなんて自分は野良猫かと思いながらも、いつもとは違うできごとに心が躍っている。

しばらく行くと、鼻歌が聞こえてきた。川の近くまで出ると少年の背中が見え、その向こうには炎がチラチラと揺れている。こんなところで火を熾（おこ）すなんて危ないと言おうとしたが、携帯の焚（た）き火台を持ってきたらしい。しかも、火が燃え移らないよう土が剝き出しになった開けた場所を選んでいる。

「お、来た！」

吉乃に気がつくと、少年は弾ける笑顔で振り返った。自分を待っていたかのような反応をされたのが新鮮だった。

友達がいない吉乃は、待ち合わせの経験などない。

「何してるんだ？」

「釣った魚で人間を釣った」

一瞬なんのことかわからなかったが、自分が匂いに釣られてここまで出てきたことに気づいた。子供の思惑に乗ってしまったのが少々面白くないが、それでも心は浮き立っていた。

「何が釣っただ。心配して来てみれば」

「それも作戦。窓辺にいるのが見えたからさ。それに、ここまで来たのは匂いに誘われたからだろ？　昨日、俺が友達と釣りしてるの見てた人だよな」

気づいていたのか、と、それなら隠しても仕方がないと白状する。

「焚き火なんかして野宿でもするつもりか、ひまわり」

「あ、やっぱりなー。なんか視線感じると思ったんだよ。長い髪だったから、女のあやかしかと思ったけど、なんだただの人か」

「ただの人で悪かったな」

「喰う？」

目の前に串に刺したヤマメを差し出される。いい具合に焼けていた。皮がパリッとしていて、見るからに美味しそうだ。

「せっかく釣ったのに自分で食べないのか？」

「俺のぶんは今から釣る！」

そう言って釣り竿を持って川に入っていく。一匹しかないヤマメを自分が食べていいのかと思ったが、せっかくだ。子供でも、もてなしは素直に受けるべきだとヤマメにかぶりつく。小振りだが、熱々でふわふわで、口の中で身がほろほろとほどける。

「ねぇ、お兄さん名前何？」

名乗ると、案の定変な名前と言われた。ソメイヨシノと関係あるのかと聞かれるが、名前の由来など聞いたことがない。

「あんなところにデカい屋敷があるなんて知らなかった。ただの山かと思ってたけど、別荘地だったんだな。古民家ふうのカフェとかあってびっくりした。映画のロケ地になりそう」

「温泉でも出てたら観光地になっただろうな」

使用人やご近所さん以外の人と話をするのは、久し振りだった。たったそれだけのことだが、吉乃には大きなできごとだ。たとえ相手が少年でも。

「ね、やる?」

釣り竿を差し出され、即座に靴下を脱いで水面に足の指先をつけた。思っていた以上に冷たい。思わず足を引っ込め、今度はそろそろと指先から水に浸していく。

「なんだよ大人のくせに頼りねーな」

「子供のくせに生意気だな」

「ほら、もっとこっちに来いよ。岩の陰とかによくいるから」

「わ、竿がビクビクしてる、なんだこれ」

「もう喰いついたのかすげぇ! 餌喰ってるんだよ。合わせて引け」

手に伝わるのは、迸(ほとばし)る命だった。生きた魚の躍動を感じて胸が高鳴る。ピンと張った釣り糸が光を反射していた。足の下のゴツゴツした岩の刺激。水しぶきが砕けた光のようにキラキラしている。何もかもが新鮮だ。

「ほら、引けって」

釣り竿をあげた瞬間。ぬるっとしたものを踏んでバランスを崩した。

「うわっ！」

伸ばされたひまわりの手を咄嗟に摑むが、大人一人を支えるには足場が悪く、二人とも尻餅をつく。下半身がすっかり水に浸かった二人は、顔を見合わせて笑った。

「支えるならちゃんと支えろよ」

「せっかく助けようとしたのに、なんで文句言われるんだよ」

急いで川からあがろうとするが、足もとで水しぶきがあがる。

「何するんだ！」

「どうせびしょびしょだろ」

言いながら、手頃な大きさの石を足もとに投げてきて、また濡れた。

「やめろって、ガキ！　もうわかったから！」

「やーめーまーせーんー」

あまりにしつこいのでやり返すと、火がついたのかさらにやり返される。しばらく二人で戯れた。我に返る頃には全身びしょ濡れで、馬鹿なことをしたと大人げない自分を反省する。でも、楽しかった。

「ったく、頭まで濡れたじゃないか。ほんっとお前ガキだな」

「ガキ相手にやり返したの誰だよ」

カラカラと笑いながら、ひまわりはもろ肌を脱いでTシャツを絞った。細い躰はいかにも少年のそれだが、吉乃のようにただ細いだけでなく、健康的で躍動を感じる。

「うるさいな。しつこいからだろ。風邪ひくからそろそろ屋敷に戻るけど、お前は？　うちで乾かしていくか？」

「俺はこのまま帰る。続きは明日な。朝九時に来いよ」

ひまわりは一方的に約束を取りつけると、持ってきたものを片づけて帰っていく。

翌日も、彼は姿を現した。当然のように釣り竿を渡され、ヤマメ釣りをする。今度は携帯の焚き火台だけでなく、飯ごうまで持参してきた。ヤマメが釣れると直火で炙(あぶ)って一緒に炊く。香ばしい魚の香りと旨味が染み込んだご飯は、これまで食べたどんなものより美味しかった。さらに翌日はアルミホイルとえのきなどの食材が加わり、釣れた魚を蒸し焼きにする。

充実していく道具に、そのうち森に住むと言いだすのではないかと思った。

けれども一週間が過ぎる頃。今日は何が飛び出すのだろうと期待していると、ひまわりはいつもよりずっと早い時間に片づけをはじめる。

「まだ昼だぞ。用事か？」

「ううん、実は今日帰るんだ。夏休みで祖母ちゃんちに来てるだけだから」

ほら、やっぱり。

落胆した。森で迷子になったユウもこの土地の子ではなかった。ひまわりも休みが終われば、自分の生活圏へ戻っていく。ここで暮らすしかない吉乃は、自分だけが取り残される気持ちになった。

慣れ親しんだわびしさが胸に広がる。

「来年も来る予定だから、また遊びに来てやるよ」

「何が来てやるよ、だ。生意気な奴だな」

「残念そうな顔してたくせに」

「ひまわりが来たら俺が遊んでやるよ」

季節がひと巡りすれば、本当にまた会えるのだろうか。

そう思うが、落胆しないよう期待はすまいと片づけを手伝った。ひまわりが手を振りながら帰っていくのを、最後まで見送る。楽しい時間が終わりを告げる。

「明日からは柊に心配かけずに済むな」

ずぶ濡れの自分を見て、吉乃は寂しく笑った。

2

季節がひと巡りし、足軽を引き連れた将軍のように、うるさく喚き散らす蟬(せみ)を従えた夏が日本を席巻した。どっしりと陣を構え、天下を取ったとばかりに蟬たちが狂乱の宴を繰り広げている。わずか半年前にこの世を治めていたのが自分ではないなんて、すっかり忘れているようだ。

彼らは短い栄華を誇るように、世界をジリジリ焼いていた。その勢いは生きる力そのものので圧倒されずにはいられない。

期待してはいけないと思いつつ、吉乃は塀の向こうからひまわりが顔を出すのを心のどこかで待っていた。梅雨が明けてからずっとこんなだ。一日中蟬の声で満ちた庭を眺めながら何日過ごしただろう。しかし、成果を称える蟬の声に、別の種類の少し寂げなそれが加わる頃にはすっかり諦めの境地に達していて、変化のない毎日がよりつまらなくなった。

「あんな約束、ガキが覚えてるわけないよな」

その日も、吉乃はエアコンの効いた自分の部屋から外を眺めていた。

青い空が虚しさをいっそう引き立てているようで、ベッドに移動するとうつ伏せになって目を閉じる。退屈だ、とつぶやいても、この部屋に聞いてくれる人はいない。

「吉乃っ」

艶のある低い声に呼ばれた気がして、うとうとしていた吉乃は目を覚ました。起きあがると、また「吉乃っ」と自分を呼ぶ声がする。窓を開けて外を見ると、塀の向こうから上半身だけ姿を見せる少年の姿があった。

「おーい、吉乃ってば！」

「ひまわり？」

「吉乃ってば。俺だよ、俺！」

ひまわりに違いなかったが、会わない間に声変わりしたらしい。澄んだボーイ・ソプラノは、どこか色香を感じさせる男の声に変わっていた。蜂蜜のような密度の高い液体を耳に流し込まれるような、そんな不思議な感覚を覚える。

「今行く！」

吉乃は部屋を飛び出した。慌てすぎて、階段のところで房枝とぶつかりそうになる。

「坊ちゃま。そろそろお茶の準備をしようと」

「またあとにする。あ、柊。ちょっと出かけるから！」

何事かと様子を見に来た柊に言い、外に出た。先ほどの場所にひまわりの姿はなく、幻でも見たのかと落胆しかけたが、すぐに呼ばれる。

「こっちこっち」

ひまわりは門の傍にいた。本当に来た。まさか、本当に来るとは思っていなかった。こんなに待っていたのかと自分でも呆れるほどで、心を落ち着かせるためにゆっくりと歩いていく。けれども、落ち着くどころか近づくにつれて戸惑いが顔を覗かせた。心音が段々と大きくなっていく。目の前に立った時には、あまりの違和感に一瞬声をかけるのを躊躇したほどだ。

「ひまわり？」

「なんだよ。何びっくりしてんの？」

「見た目変わったと思って」

「そりゃ変わるだろ。俺成長期だぜ？　へー、吉乃は全然変わんないな。ちゃんと喰ってんのかよ？　なんか思ってたよりひと回り小さいんだけど？」

躰を屈めて顔を覗かれた。微かなシャンプーと汗の匂いが鼻を掠める。

ひまわりは髪を明るく染め、背が随分と伸びていた。「また遊びに来てやるよ」と言われて別れた時は視線の高さは勝っていたのに、軽く見下ろされるくらいにはなっている。子供の成長は早いと言うが、これほど伸びるものだろうか。

しかも、骨格も以前よりずっと男らしくなっていて、あまりの変わりように心臓がトクトク鳴っていた。どういう類いのものか自分でもわからないが、平穏ばかりの毎日を送る吉乃にとって、たった数分でこれだけの刺激を受けることなんてない。

「だけど迷った～。やっとたどり着いたよ。ここってわかりにくいな」

「え、そうか？　方向音痴なんじゃないのか？」

「そんなはずねーんだけどな。この辺りに来るとなんか迷う。変な力が働いてるみたいに同じところに出るんだ。五回くらいぐるぐるしたんじゃないかな。結界とか張ってるんじゃないの？」

「馬鹿言え。それより声変わりしたんだな」

「そうそう。低くなっただろ？」

ひまわりは、喉の辺りを指で撫でた。なめらかに上下した喉仏に気づき、そのささやかな出っ張りに心臓が小さく跳ねる。

「吉乃は声変わりしないのか？」

「冗談だって。吉乃の声って少し高いだろ？」

「もうしてるよ。何歳だと思ってるんだ。失礼な」

「高くて悪かったな」

「褒めてるのに。いい声だよ」

また心臓が跳ねた。何気なく口にされる言葉は、矢のようにすっくと刺さる。痛みを伴うのではなく、胸がつまるような、それでいて気持ちよく感じるような甘い衝撃だ。

深いところをいとも簡単に射貫くそれは、吉乃の中に何かを確実に残していく。

「俺のこと待ってた?」

「待ってないよ。自惚れるな」

「約束破ってごめん」

「破ってないだろう。夏はまだ終わってないんだし」

なぜかひまわりは目を丸くした。何かおかしなことを口にしたのかと思ったが、すぐに笑顔になる。

「やっぱ吉乃って俺より大人なんだな。確かに夏はまだ終わってない」

当たり前のことを繰り返され、本当に約束を守ってくれたのだと嬉しくなる。

「それよりいつ呼び捨てしていいって言った? 前は『お兄さん』って言ってたのに」

「友達だからいいだろ。俺のことはひまわりでいいし。俺もう十七だぜ?」

「え、十三歳くらいかと思ってた」

「何が十三だよ。こんな大人な十三歳いるかってーの」

彼の言うとおり、今のひまわりはとても十三歳には見えなかった。著しく成長した姿を前にすると、川で遊んだのが随分昔のことのような気がする。ガキだガキだと思っていた彼が、自分の中で男らしく塗り変わっていくのに戸惑いを覚えずにはいられない。

「な、今も退屈してるんだろ?」

「こんな山奥にずっといたら、頭おかしくなるよな。病気療養っていうけど、そんなに病弱に見えないぞ。顔色もいいし。てか、うちのクラスの女子より肌ツルツル」

軽く、けれども簡単に聞き流せない言いかたで褒められて反応できなかった。いや、言いかたの問題ではなく、相手がひまわりだからという気もした。

彼が口にすると、言葉に魔法がかかる。ただの言葉ではなくなる。

なぜだろうと考えていると、屋敷の中から柊が出てきた。

「坊ちゃま。どなたとお話しになっているのですか」

「あ、柊。前に話しただろ。一緒に釣りした子供」

釣った魚で釣られた話はしていたため、柊は「ああ」と笑顔で頷く。

「客人でしたら、どうか中へ。ちょうどお茶の時間です」

「食べていけよ。房枝の作るおやつは美味しいんだ」

「大人のくせにおやつの時間があるのか？」

軽く揶揄されてジロリと睨んだ。笑顔で弾かれる。

「冗談だって。食べる食べる。甘いもん好きだし」

屋敷の中に入ると、物めずらしげにあちこち覗く。

「すげー梁。殿様の家みたいだな。お、こっちは洋風。なんかあれみたいだな」

「んー。まぁな」

「なんだよ、あれって」

「ほら、明治とか大正とか、和洋折衷みたいな文化」

足りないボキャブラリーに思わず笑った。客間に通すと、房枝が紅茶とシフォンケーキを運んでくる。生クリームがたっぷりかかったそれが、店を出せるくらい絶品なのは知っている。反応が楽しみで、口に運ぶ様子をじっと見ていた。すると、ひと口食べるなり感嘆の声があがる。

「お、旨い。何これふわっふわ」

ひまわりは大きめのシフォンケーキをペロリと平らげてしまった。まだ欲しそうにしていたため、皿ごと半分差し出す。いったんは断るものの、もう一度勧めると笑顔で受け取った。こんなところは、子供だ。

「実は俺さー、今バンドやってんだ」

あーん、とケーキを口に運ぶひまわりのえら骨に、目が行った。甘いケーキを嬉しそうに頬張っているが、そこに浮かぶのははっきりとした大人の骨格だ。

「バンド?」

「そ。ヴォーカルなんだよ。時々ギター弾きながら歌うんだ」

唇の端についた生クリームをペロリと舐め、フォークを置いて歌いはじめる。途端に、空気が変わった。

低いが、よく通るいい声だった。躰の芯に響いてきて、奥のほうが振動する。息つぎが、唇の奥に広がる空洞が、その中で動く色鮮やかな舌が、えら骨が、そしてなめらかに上下する喉仏が、どんな行為よりもジリジリとした熱を吉乃の躰に運んでくる。

目を逸らしたが、視界から受ける刺激を遮断すると今度は耳に集中して鳥肌が立つ。

なんて魅力的な声だろう。鳥の中には求愛の歌で伴侶を決める種類もいるが、囀りひとつで相手を選ぶ気持ちが少しだけわかる気がした。

近くにいた柊も、思わずといった態度で近づいてくる。

「これはこれは、お上手でございますね。聞き惚れてしまいました」

「だろ？　俺、歌は昔から得意なんだ〜。ライブやると俺のファンって女が来る。あ、何その目」

「モテるって自己申告されてもな」

照れ隠しにそう言ってみるが、頬の火照りは収まらない。

「本当だって。吉乃にもギター教えてやるよ。柊さんが心配そうにしてるし。俺があちこち連れ回すかもしれないって思ってんだろ？」

「恐れ入ります」

翌日、ひまわりは本当にギターを抱えてやってきた。バイト代で買ったというそれはピカピカで、大事そうにソフトケースに収められている。案外重かった。ベッドを背もたれにあぐらを掻いて座らされ、ギターを渡される。

「まずコードを覚えるんだ。人差し指で全部の弦を押さえて中指で三弦、薬指で二弦、小指で一弦を押さえる。これがAメジャー。中指外すとマイナーな」

「え、無理。指が攣る」

「無理じゃないって。ほら、薬指軽く曲げてここだよ、ここ」

「こう？　うわ、もう駄目。やっぱ無理」

「そうそそのまま。で、ピックはこう持って弦を弾く」

弦を弾くと、ジャラ〜ン、と不協和音が響いた。あはは、とひまわりが笑う。

人差し指に力を入れれば薬指がおろそかになり、薬指に力を入れれば人差し指がおろそかになる。どちらも上手く押さえられたと思ったら、小指があっちのほうを向いているといった具合だ。しかも、弦を押さえる指先がジンジンしてくる。熱いのかもしれない。

「指が痛くなってきた」

「最初はみんなそうだ。弾いてりゃ硬くなってくる。ほら、俺のもうカチカチだろ」

触ると、指先にタコができていた。

「本当だ、硬いな」

「吉乃も弾いてりゃすぐにこうなるよ。でも、なんかもったいないな。指綺麗だし」

吉乃の手を触るひまわりの目を伏せた表情に、思わず魅入った。綺麗なのはお前のほうだろうと言いたくなる。

指先の痛みは疼きに変わっていた。血液の流れと同じリズムでトクン、トクン、と鳴っている。ひまわりの視線が、症状を悪化させているようだった。耐えきれず、ギターをひまわりに押しつける。

「やっぱり俺には無理だ。ひまわりがなんか弾けよ」

催促すると、吉乃には複雑極まりないコードを軽々と押さえて弾きはじめる。躰の一部になったように、手元を見ずとも美しい音色を奏でられるのがすごい。

「あ〜あ〜、吉乃のアンポンタ〰〰ン、アンポンタァァァ〰〰ン」

「あははは……、なんだよひどい歌だな」

即興の歌はくだらない内容で、小学生かと言いたくなった。だがやたら声がいいせいで、段々おかしくなってくる。しまいにはこぶしを利かせ、演歌ふうに歌いあげるものだから腹を抱えて笑った。一度嵌まると、どんなくだらない歌詞でも笑えてくる。

「吉乃ぉ〜、吉乃っ、吉乃ぉぉおお〰〰っ、おおお〜おおんっおんっ、カーッ」

「あはっ、あはっ、あははは。もうやめろって！　死ぬっ、もういいって、死ぬっ」

息ができず、ひっ、ひっ、と吸い込む。ひとしきり肩を上下させたあとようやく収まるが、笑いすぎて腹筋が痛い。

「あー、死ぬかと思った」

横になって脱力する吉乃の横で、ギターを鳴らしながらひまわりが笑っている。しばらくそうしていたが、ギターをベッドに立てかけたかと思うと、気配が近くなった。

「なぁ、吉乃」

覆い被さるように顔の前に手をつかれ、耳元で囁かれる。

「柊さんにはああ言ったけどさ、今度、夜遊びしようぜ。閉じこもってばかりだと逆に躰に悪いって」

「夜遊びって？」

少し顔をあげると、目が合う。まっすぐに見つめてくるひまわりの瞳に微かな熱を感じ、また指先が疼いた。

「田舎だから遊ぶ場所なんてないけど、ま、ちょっと遠出すりゃ楽しめるだろ。実はさ、祖父ちゃんのバイク、近所のおじさんに手伝ってもらって修理してるんだよ。もうすぐ動きそうなんだ。動くようになったら遠出しよう」

まさかの誘いだった。夜に屋敷を抜け出してバイクで遊びに行く。考えたことすらなく、返事をするのも忘れていた。

「そん時はこっそり迎えに来るから、部屋の窓開けとけよ。それまではおとなしく家で遊んでような？」

大人っぽい言いかたに、今度はトクンと、心臓が跳ねる。

太陽に向かって花弁を広げる向日葵のように明るい少年だった彼が、ふいに見せた大人の一面。もろ肌脱いだ細い躰も、水を弾く肌も、ただただ健康的だった去年に比べて今年のひまわりは囁きひとつ取っても意味深だ。大人の階段を駆けあがるように、魅力的に変わっていく。

吉乃の躰をいつも心配してくれる柊に申しわけなく思ったが、このチャンスを棒に振るつもりはなかった。彼がいる今だけの楽しみだ。行かなければ、二度と夜遊びなんてできないかもしれない。

夜のひまわりがどんな姿なのか、見たくなった。

まさか、本当にこんなことをするなんて。

夜遊びが実現したのは、勢いのまま喚いていた蝉が去り、夏の終わりを告げるそれへと勢力図が変わろうとする頃。ひまわりと再会して二週間ほどが経ってからだった。

毎日遊びに来てはバイクの調子を報告していたが、三日前から明日こそと言っては吉乃を期待させていた。思ったより手こずったらしい。

「ほら、手ぇ貸せ。足もと気をつけろよ」

伸ばされた彼の手を取り、窓から外へ脱出した。自分の不在に気づいた柊が心配しないよう、部屋には置き手紙がしてある。

日が落ち、昼間のような暑さは和らいでいた。山道はむしろ寒いくらいだ。上着を取りに戻ろうとすると、長袖のシャツを渡される。

「寒いのは森の中だけだから、俺の着とけばいいよ」

「ひまわりは？」

「俺は丈夫だから」

微かに彼の匂いのするシャツは、サイズが少し大きかった。歩き慣れた山道は、夜だからかいつもと違って見える。木々の間から差し込む月光は明るく、茂みの中から聞こえる虫の声は二人の夜遊びをより秘密めいたものにする。

夜にここまで出てくることなどなかったため、初めて見る森の姿に、日常から連れ出されるという現実に、ますます心が躍った。これから目にする景色が、どんななのか楽しみでならない。

「やっと下りられた。疲れてないか？　バイクで上まで行けたらよかったんだけどな」

「大丈夫だよ。柊みたいに過保護になるなよ」

「ごめんごめん。あ、ほら。あそこ」

ひまわりの指差した草むらにバイクが隠されてあった。ここまで来ると、再び昼間の名残に包まれて汗ばむ。シャツを脱いで返すが、手放しがたい気持ちになった。ひまわりの匂いのするそれを身につけているのが心地よかったのだと気づく。

「祖父ちゃんのスーパーカブ、やっと修理終わったんだ。ほら、ヘルメット」

「え？」

「何やってるんだよ被るんだよ。頭貸せ」

頭に被せられ、顎のところでベルトをとめられる。舗装された道路までバイクを押して歩き、跨がった。ブルンッ、とエンジンが小さく吠える。

「ちゃんと摑まってろよ～」

「どこに？」

「腰だよ、腰」

後ろから抱きつくことに一瞬躊躇したが、素直に腕を回した。引き締まったウエストは思いのほか筋肉質で、自分よりずっと逞しいのがわかる。ゆっくりと発進したバイクはすぐにスピードに乗った。

「わっ」

「しっかり摑まってろって。振り落とされるぞ」

ブゥゥゥゥー……ン、と軽いエンジン音が生温かい夜の空気に乗った。

「おー、走る走る。カブも結構スピード出るな！」

「え？　聞こえないよ！」

全力で走る機会すらない吉乃にとって、バイクで風を切るなんて刺激的だった。振り落とされそうで強くしがみつくと、Tシャツから伝わるひまわりの体温が高いのがよくわかる。カーブを曲がる時などは躰を少し傾けるのだが、そんな時は腹筋がより引き締まった。自分の心音が伝わっている感じがして、気が気でない。

けれどもギュッと腕に力を籠めていないと落ちてしまいそうで、ぴったりと躰をつけていた。

「なー、気持ちいいだろ？」

「え？　なんて？」

「気持ちいいだろ？」

「あ、うん。すごく爽快だ」

「もっとスピードあげるぞ」

「わー、危ないって。ちょっと、わ～っ」

気分がよくなったひまわりが歌いだした。声を出すと微かな振動が伝わってきて、よく聞こえる。いつもは空気を伝ってくるものが、合わさった肌と肌で感じるものだから、より深くひまわりの声が届く気がした。

耳で聞くのではなく、躰で聞く。

歌詞の中の少年もバイクを走らせていた。彼もまた、自由ではなかった。いつも窓の外を見ている少年と、退屈を持てあまして部屋から庭を眺める吉乃の心とがリンクする。上手く言葉にできない気持ちが歌詞にしたためられていて、ひまわりが自分の気持ちを代弁してくれているようにも思えた。

吉乃のためにあえて歌ったのか、それともたまたま流行の曲だっただけなのかわからないが、歌声を聞いていると心が解放されていく。

どのくらい走っただろう。高台まで出ると海が見えた。バイクをガードレールの傍に停める。ヘルメットを外すと、汗で前髪が額に貼りついていた。それを見たひまわりが、笑いながら指で前髪を掻き分ける。

「なんか前髪濡れてるとエロい」

「どういう意味だよそれ」

その問いは曖昧な返事で誤魔化された。

すぐ近くに自動販売機を見つけ、飲みものを買った。ガードレールの向こう側は崖になっているが、一メートルほどくだったところに座れるスペースがある。二人並んで腰を下ろし、広がる景色を眺めた。宝石箱のような夜景ではなく、ポツポツと灯りが点在する寂しい光景だ。多くの人が眠りにつこうとしている街は、闇に沈んでいる。その向こうに横たわる真っ暗な海も、人々を寝かしつけるように凪いでいた。

「なんだあれ。漁り火？」

「うん。多分そう」

真っ暗なところに浮かぶ光は孤独で、どこか怖かった。

「やっぱ田舎はなんもねーな」

手にした飲みものは桃の微炭酸で、舌の上で優しく弾けた。それは、ひまわりといる時に感じる気持ちに少し似ていた。果物の柔らかく甘い香りと、微かな刺激。

「吉乃も東京に来ればいいのに」

何気なく零された言葉に、ああそうか、と寂しさを覚えた。

また帰ってしまう。休みが終われば、自分の生活圏へと戻っていく。日常へと。自分はあの閉鎖された場所から、どこにも行けないというのに。

「すぐに来られなかったのはさ、親父とお袋が離婚するしないで揉めてたからなんだ」

ひまわりの声が、ふいに憂いを帯びた。遠くを眺めるその瞳に寂しい風景が映っているのか、彼の奥にある寂しさそのものを映し出しているのか、どちらなのだろうか。

「お袋についていくことにしたんだけど、幼馴染みって男が来るようになってさ。あれ絶対カレシだって。親切なだけであんなに入り浸るかよ。俺に気に入られようと媚びてくるしさ」

「そっか」

「なんかそいつさ、俺に気ぃ使うんだよ。もうガキじゃないんだしさ、再婚したけりゃすりゃいいのにな」

投げ遣りな言いかたは、彼なりの強がりだ。どうでもいいという態度の向こうに、戸惑いが隠れている。突然野性に放り出された愛玩動物でも見ている気分だった。彼らは怯え、震えながらも、生きる術を模索している。

「親父は親父で浮気してた相手と同棲してるし。めんどくせぇ」

どう声をかけていいかわからず、ただ話を聞いていることしかできない。

声変わりもし、背も伸びて筋肉も発達して見た目はすっかり大人だが、両親の離婚に揺れるひまわりは不安定な少年の部分が多く残っていた。どちらも実の親なのに、ひまわりをこの世に生み出した夫婦という形はすでに崩壊している。二人の男女が愛し合った結果である彼は、身の置き場がないのかもしれない。

自分という答えが間違いだったと、両親の離婚が証明しているように感じていなければいいが。

「俺も結構荒れてさ」

「そっか。なぁ、ひまわり。お前、居場所あるのか？」

「ある。ここ」

まっすぐに見つめられ、息を呑んだ。

ある。ここ。

軽い口調だったが、決して軽い気持ちで言ったのではないとわかる。その言葉は、どこか縋っているようで、切実なものを感じた。

「なんでだろうな。吉乃の傍は居心地がいい」

「俺も……」

ひまわりの傍は心地いいよ。

そう言おうとしたが、泣きそうな彼を見て言葉が出なかった。心臓が破裂しそうだ。年上らしい言葉のひとつもかけられないことが申しわけなくて俯いていると、ふいに気配が迫ってくる。

顔をあげた瞬間、顔を傾けるひまわりが見えた。

「ん……」

唇が重なり、甘い声が漏れる。

唇が離れても、反応できずにただ彼を凝視していた。熱っぽい目が自分を捉えているのがわかり、何か言わねばと言葉を探した。しかし、ひまわりの視線が再び自分の唇に注がれたのを見て、次に何をされるのか察する。

「ん、ん」

頬に手を添えられ、また口づけられた。探るようだったそれは、本来の姿とばかりに強

引さを見せるようになる。抑えていただけだと。

「ん、んっ、んぁ、待……っ、んんっ」

逃げたのが逆効果だった。狩猟本能を刺激された捕食者のように、ひまわりは吉乃を追うことに没頭する。

「んぁ」

ああ、駄目だ。こんなことをしては。

下唇を強く吸われ、ビクンと躰が跳ねた。これほどの性的興奮を覚えたことはなく、細胞の一つ一つが沸騰しているようだ。

まだガキのくせに。年下のくせに。

何度繰り返しても、ひまわりの魅力を確認してしまうだけに過ぎない。

唇を割って入ってくる舌は、どこか不慣れで乱暴だった。テクニックを体力で補う捕食者は勢いのまま、熱情のままに唇を吸う。しかし、若い牡の身勝手さはどこか心地よくもあった。

「ごめん、吉乃。とまんなくなった」

地面に押し倒され、体重をかけられた。股間のところに感じた明らかな変化に、心拍数があがってどうしようもなくなる。

過ぎゆく季節の名残を惜しむような夏草の香りが、この行為を差し迫るものにしていた。

夏の終わり。

それは、ひまわりと一緒にいられる時間が残り少ないことを意味していた。

「俺、ガキだから。大人の吉乃がちゃんとコントロールしてくれよ」

ずるい。本当にずるい。こんな時だけ子供を装う。けれども大人と子供を使い分けるずるさもまた彼の魅力だった。

「顔見せて」

「なん、で」

「見たいからだよ。なぁ、吉乃。顔見せて」

「馬鹿……、なんで、俺の……顔、なんか……」

見せてと言われると、見られるのが恥ずかしくなる。熱い視線に皮膚が焼かれているような錯覚に陥った。隅々まで視線を感じ、全身が火傷しそうだ。ピリピリとしたものが肌の上を走っていく。

それでも、彼を記憶に刻んでおきたかった。同じ夏が二度と訪れないように、今感じている彼も季節が巡ればこの土地を去ってしまう。

「綺麗だな。俺、おかしいのかな。年上だし、男だし」

「うん……っ」

「吉乃、好きだ」

「んっ、んんっ」

「連れていきたい」

「俺、……んっ、ぅん……っ」

「好きだ」

吉乃の言葉はすべて奪われた。自分も気持ちを伝えたかったが、言葉よりも応じることのほうが大事な気がして、されるがまま唇を開く。

濡れたキスの音を聞きながら、吉乃は何度も心の中で訴えた。

俺も好きだ、と。

熱はまだ躰の奥で燻っていた。

キスから先を急ごうとしていたひまわりだったが、道路を車が通った瞬間、我に返って躰を離した。助かったという思いと、この行為の先にあるものを見たかったという思いが同時に存在している。

蟬も寝静まった時間は、昼間とは違う世界が広がっていた。ジィィー……、と土の中からケラの鳴く声が聞こえている。

夏の盛りを過ぎた夜は、どこか寂しい。

「外じゃなけりゃ、このまま襲ってたかも」

苦笑いしたひまわりの少年らしいはにかみが、微かな汗の匂いとともに心に深く刻まれる。たとえこの先何年経とうとも、自分は今夜をずっと忘れないだろう。

今を包む夏草の匂いや寂しげなケラの声を伴って、記憶に残る。

「馬鹿言え。ガキのくせに」

「何がガキだよ。あんな反応しといて。俺、すげーやばかった。吉乃は？」

答えにつまったが、こちらを凝視する視線に耐えられなくなり、白状する。

「俺もだよ」

二人並んで座り、手を繋いで海を眺めた。ここに来た時から景色はほとんど変わっていない。漁り火がいくつか消えているだけだ。

「祖母ちゃんちって、子供の頃からいい想い出しかない。あーもう、帰りたくねーな」

「いつまでこっちにいるんだ？」

「明後日には東京に帰らないと。学校がある」

「そうか」

楽しい時間は永遠には続かない。わかっていたことだが、具体的なタイムリミットを聞かされると、別れが現実として押し寄せてくる。

「また来ていい？」

「ああ」

「俺に来てほしい？」

本当に聞きたかったのは、そちらの質問だったかと、小さく笑った。あんなキスまでしておいて不安になるひまわりが、いとおしくてならない。

全身で応じたのに。心全部で応えたのに。

「来てほしいよ。また来てほしい」

本当だ、と続け、視線を合わせる。

「俺もまた会いたい」

熱を帯びた言葉だった。これほど感情が乗った声を聞いたことがない。

その時、ひまわりの顔に憂いが浮かんでいるのに気づいた。まだ他に言っていないことがあるのだとわかり、黙って言葉を待った。

「なぁ、吉乃。次に会う時、俺は今よりずっと大人になってるかも」

「なんだよそれ。ガキ卒業宣言か？」

深刻な言いかたに怖くなって軽く茶化したが、ひまわりの表情は緩まなかった。険しく眉根を寄せたまま、何かを告白しようとしている。

「大人になった俺のこと、吉乃はちゃんとわかるかな？」

どう解釈していいかわからなかった。思いつめた表情から、そう簡単に解決できない問題を抱えているとわかる。

「あのさ……」

目が合った。何を言われるのか怖くて、身構えてしまったかもしれない。ひまわりは、別れ話を切り出すのを思いとどまったように、不自然に表情を変える。

「ごめん、そんなに大したことじゃないんだ。親が離婚してお袋についていくことになったって言ったろ?」

「うん」

「お袋が再婚したら、引っ越しすると思う。今の家よりちょっと遠いから、祖母ちゃんちに気軽に遊びにこられなくなるってだけでさ。それにまだ決定したわけじゃなくて、可能性の話だから」

本当にそれだけなのか。

聞きたかったが、これ以上彼を追いつめるようなことはしたくなかった。

「秋に連休あるから、チャンスがあったら来るよ」

「無理しなくていいよ」

「ごめん、吉乃。なかなか会えなくなるかもってわかってたのに」

「なんで謝るんだ?　どうしようもないことだろ」

「だって……」

あんなことをしたから？

意地悪な言葉は嚙み潰し、謝る必要なんてないと理解のある大人のふりをした。

「俺のことはいいから、もしお母さんが再婚したら新しいお父さんと上手くやれるよう頑張れよ。未成年は親のもとで生きるしかないんだし」

「そうだな。あー、くそ。どうせなら今ここで一気に大人になりてぇよ。親父やお袋に振り回されずに済むくらい。そしたら、ずっと吉乃の傍にいられる」

「黙っててもそのうちなるよ。嫌でも大人になる」

吉乃も同じだった。大人になりたかった。年齢だけでなく、大人として自分の力で生きていけるようになりたかった。あの屋敷から出て、好きな相手と好きなだけ一緒にいられるようになりたい。

無力すぎる自分を、これほどもどかしく思ったことはない。

それでも元気づけることはできると、吉乃は鼻歌を口ずさんだ。歌が好きなひまわりに自分がしてやれることが、他に見つからなかった。

すると、思った以上に表情を明るくする。

「なんだよそれなつかしー」

「懐かしいって、昔の歌なのか？」

「子供の頃に滅茶苦茶流行ったやつだよ。俺もよく歌ってたな。ゴミ箱頭に被ってさ、最後にこう放るんだよ」

そんなに喜ぶのならもっと歌ってやりたいが、あいにくほとんど覚えていない。

「サビしか知らないんだ」

「なんだ。じゃあ俺が教えてやるよ」

今度はひまわりが歌いはじめた。確かにそんなメロディだったと、長いこと思いだせなかった歌が記憶の中から蘇(よみがえ)る。ひまわりに掘り起こされたそれは、子供が歌うには大人びた歌詞だった。

彼の真似をして吉乃も歌う。時々目を合わせ、寂しい夜を歌声で飾った。覚えていたサビの部分は自信満々に声を張りあげた。それがおかしかったらしく、ひまわりは肩を震わせて笑う。ユウに教わった時はちゃんと覚えられなかったが、消えてしまわないよう記憶に刻んだ。

今夜の想い出とともに、ずっと覚えていようと。


秋の気配が漂い、連休の時期になってもひまわりが姿を見せることはなかった。

可能性の話なんて言っていたが、母親の再婚は決まっていたのだろう。それでもギリギリまで行かないでいられる方法を考えていたのかもしれない。期待しないよう、落胆しないよう心がけていたつもりだが、二人で海を眺めたあの夜の想い出があまりに幸福に満ちていて、もう一度あんな時間を過ごしたいと願わずにはいられなかった。

そんな思いも虚しく、あっという間に冬が訪れ、長い沈黙のあとに春がやってきて、ひまわりと出会った夏がまた巡ってくる。蟬の季節は想い出をより鮮明に蘇らせたが、それでも彼が来る気配はなく、夏が終わる頃には叶わぬ夢だったと自分を納得させられるようになっていた。

代わり映えのしない毎日の中で、一人の時間に慣れすぎたのかもしれない。

さらに季節がもうひと巡りしても、同じだった。蟬の声にひぐらしが混ざる頃には、わずかな期待は諦めにすっかり塗り込められている。

「ふむ、調子はいいようだね。でも油断せず季節の変わり目は気をつけること。いいね」

主治医の言葉に素直に頷くと、シャツを下ろした。

長いこと世話になっている医師は、五十代くらいだが頭髪が黒々しているからか、もっと若く見える。眼鏡の向こうの目は優しく、話しかたも穏やかだ。

「調子はずっといいんです。俺、本当に療養してないと駄目ですか？」

「ここは空気がいいからね。調子がいいのは当然かもしれないな。でも、ここから出ると一気に躰に負担がかかることもある」

「そうですか。そうですよね。わがまま言ってすみません」

頭を下げると、意外そうな顔をされる。

「大人になったね。前の君なら喰い下がってくるところだけど」

「俺、そんなにガキでした？」

肯定はされなかったが、否定の言葉もなかった。笑い、紅茶が入ったと言う柊に返事をして一階に下りていく。

「先生。ちょっとだけ散歩に出ていいですか？」

「そうだね。今日は天気もいいし構わないでしょう。寒くならないうちに戻るように」

「先生の言いつけは守ります」

柊は心配そうにしているが、主治医の許可を貰った吉乃は堂々と屋敷を出た。途中で知った顔に出会う。よく夫婦で犬の散歩に出かけるご近所さんだ。

「こんにちは。犬のお散歩ですか」

「あら、こんにちは。そうなの。最近は過ごしやすくなったから、ゆっくり出かける気になるの。吉乃さんもお散歩？」

「はい。このところは調子がいいから、毎日森を歩くんです」

「あまり遠出をすると柊さんが心配するから、ほどほどにね」

夫婦に軽く頭を下げ、犬に手を振ると森に入っていく。ひまわりを最初に見た場所に来ると川まで下りて清流の傍に腰を下ろし、水面を眺めていた。

草むらの中から鈴虫の声が聞こえてくる。落ち葉が流れてきて、岩場の小さな渦に巻き込まれた。自分の姿が重なる。

ただ流れるだけだ。自分の力で這いあがることも流れに逆らうこともできない。それはしばらく同じところでくるくる回っていたが、再び流れに乗る。

水面を転がるような光の反射を眺めていたが、人の気配がして咄嗟に隠れた。そんな必要などないのに、なぜそうしたのかはよくわからない。身を屈めながら上の様子を窺う。

山道を歩いてきたのは、一人の男性だった。年齢は二十代半ば。迷路に入り込んだように、時折後ろを振り返っている。困ったな、とばかりに頭を掻き、立ちどまってため息をついた。

山歩きに来ているだけかと思ったが、どうやら何かを探しているらしい。

「おかしいな。やっぱりこっちに戻ってくる。なんでだぁ？」

耳に飛び込んできたのは、ひまわりにそっくりな声だった。艶のある低い声は歌うとどこまでも伸びやかに響き、耳元で囁くとどこまでも深く躰の奥に手を伸ばしてくる。そんなはずはないと思いながらも、身を乗り出して確かめずにはいられなかった。

そして次の瞬間、息を呑む。

声だけじゃない。顔もよく似ていた。懐かしさが胸をいっぱいにし、飛び出して抱きつきたくなった。だが、すぐに馬鹿馬鹿しいと嗤う。最後に会ってから、季節は二度巡っただけだ。二十代半ばのあの青年とひまわりが同じ人物のわけがない。

青年がどこかに行ってしまうと、肩を落とした。ひまわりとの再会は諦めたはずなのに、心はなぜこうも理性を裏切って一喜一憂するのか。

「馬鹿だな、俺」

その時、道の真ん中に何かが落ちているのに気づいた。パスケースだ。急いで拾い、中を確認した。カード類が入っている。スポーツジムの会員証で名前を確かめると『斉藤向葵』と書かれていた。『サイトウコウキ』と読むらしい。

「そうだよな。ひまわりのわけないな」

別人だとわかり、諦めの悪さにまた嗤って青年が立ち去ったほうに目を遣った。今すぐ追いかけて届けるべきだとわかっていたが、歩きだす気になれない。

吉乃は再び下に下りて川の傍に座り込み、水の流れを眺めた。今度来る時は釣りでもするかと、ここでヤマメを食べたことを思いだす。香ばしくてふわふわの身は、ほどけてなくなった。飯ごうで炊いたヤマメご飯も美味しかったし、段々と手の込んだものになっていくのには心が躍った。房枝の料理は絶品だが、出てきたものをただ食べるよりも外で調理したほうがずっと食欲が湧く。

そんなことをつらつらと考えていると、再び人の気配がして身を隠した。

「あれ？」

先ほどの青年だ。また道に迷ったのだろう。この辺りはそう複雑な地形でないはずだが、かなりの方向音痴かもしれない。周囲を見回しながらどこかへ行く。

「あ……」

今渡せばよかったと、持っていたパスケースを見た。追いかけて渡そうかとも思ったが、また来そうな気がしてそれをよく見えるところに置いて身を隠す。

すると五分後——。

本当に来た。

「おっかしいなぁ。なんでここに出るんだ」

嘘、と目を見開き、破顔する。イタズラをした時のような胸の高鳴りに襲われた。まさか。信じられない。

彼はすぐに落としものに気づいて、それに手を伸ばす。

「げ、俺のだ。落としたのすら気づいてなかった」

吉乃は隠れたまま立ち去る彼の背中を見送った。声も顔もひまわりに似ているからか、彼に対して好意を抱かずにはいられない。

それにしても、顔も声も本当によく似ていた。親戚かもしれない。

些細なことだが、今日はなんだかいいものを拾った気分だ。川底の石ころの中に綺麗なガラス玉を見つけたような、穏やかな高揚。

これ以上森を歩く必要はないと、足取り軽く屋敷へと戻る。

「あ、坊ちゃま」

門の前では、柊が心配そうに待っていた。

「おかえりなさいませ」

「ただいま。何心配そうにしてるんだ？　すぐ戻ってきただろ？」

「そうでございますね。ところで、何か楽しいものでも見つけられたのですか？」

「え？」

「満面の笑みで戻っていらしたので」

「そんなに笑ってたか」

「はい、それはもう零れる笑顔という言葉がぴったりで。何がそんなに坊ちゃまを楽しませたのか気になります」

柊があまりにも興味津々で聞いてくるものだから、森での出会いを秘密にしたくなった。

「内緒」

「おや、そんな意地悪を。次はぜひお供しなければ」

「柊は歳だから、転んだりしたら大変だぞ」

「わたくしはそんなに歳ではありません」

「わかったよ。次はちゃんと誘う」

そうは言ったものの、次の日、吉乃は一人で屋敷を出た。どこかであの青年がまた来ることを期待していたのかもしれない。昨日と同じ景色なのに、少し違って見えた。待っている間も、ただぼんやり川の流れを目に映していた時とは違う。川底まで覗ける澄んだ水の流れを綺麗だと感じる。ヤマメの姿を微笑ましく思う。

再び彼の声を聞いた時は、心が躍った。相手は吉乃の存在にすら気づいていないのに、一方的にかくれんぼをし、彼の様子を観察する。その日も、何度か迷った挙げ句に帰っていった。

さらに翌日。彼はまた現れた。やはり何か探している。どこかに行きたいようだが、道を忘れたらしい。

「やっぱりここに出るんだよなぁ」

しゃがみ込んでがっくりと項垂れる彼を見て、込みあげてくる笑いを堪えた。彼に気を取られたからか、枝を踏んでしまいパキッと音が鳴る。

「誰だ？　あ、おい！　待ってくれ」

反射的に逃げた。そんな必要などないが、この三日間、何度も道に迷う彼を覗き見していたのだ。困った姿が魅力的に映ったからだが、彼にしたら面白くないかもしれない。

「吉乃っ？」

ひまわりと似た声で名前を呼ばれ、立ちどまった。ほんの少し前まで浮き立っていた心は、驚きと戸惑いでいっぱいになっている。

なぜ、自分の名前を知っているのか。

考えがまとまらず、固まったまま動けない。心臓が胸の奥で激しく躍っている。背後に感じる彼の気配が近づいてくるのを、息を殺すように待っていた。

ひまわりのはずがない。でも、親戚だったら声が似ているのも納得できる。名前を知っているのも、ひまわりから話を聞いたと考えれば自然だ。

「吉乃だろ？」

窺うようにもう一度名前を口にする声は、吉乃が恋をした年下の彼の声そのものだ。親戚でもいい。あの声で名前を呼ばれただけで、自分の中に甘いものが満ちてくる。それは蜂蜜のように密度が高く、芳醇（ほうじゅん）な香りで吉乃をいっぱいにする。

ただ甘いだけではなく、ほろ苦さもあり、いつまでも舌の上に幸せの余韻を残すのだ。親戚なら、ひまわりのことを聞いていいだろうか。今何をしているのか、探ってもいいだろうか。また会いたいと伝えてもらっていいだろうか。

その時、道の向こうから、もう一人別の誰かが近づいてくる。

「おーい、ひまわり！　こっちにいたのか！」

飛び込んできた声に、吉乃はさらに混乱した。

ひまわりと呼んだ。ひまわり、と。

友人らしき青年が慌ただしく走ってくるのが見えた。ひまわりに似た彼は、「見つかったか?」と聞かれて少し動揺しているようだった。友達の問いかけに、すぐに答えられないでいる。

そんなはずはない。彼がひまわりのはずはない。歳が違う。ではなぜ?

「あっ！　待ってくれ！」

踵を返し、森の出口へ一直線に向かった。後ろから追いかけてくる足音があったが、森を抜けた頃には消えている。屋敷にたどり着くと二階に駆けあがり、部屋に戻ってドアを閉めた。そして、自分に言い聞かせる。

彼の名は、斉藤向葵のはずだ。免許証やカードにそう書いてあった。

ここを見つけるかと窓の外を見たが、かつてひまわりが吉乃の心に飛び込んできたように、いとも簡単に乗り越えてきた塀には、誰の姿もなかった。

3

斉藤向葵。さいとうこうき。サイトウコウキ。

この数日、吉乃は白い紙が真っ黒になるまで、彼の名前を何度もノートに書き連ねた。漢字、ひらがな、カタカナ。何かしようと思ったのではない。ただぼんやりと文字にして眺めていただけだ。けれども、あることに気づいた。

向葵という名前は、漢字の向日葵に似ている。

あの青年は、やはりひまわりなのだ。吉乃のことも知っていた。どう否定しようとも、それはおそらく間違いない。

ノートの文字を見ながら、もうひとつ気づいたことについて考えていた。

サイトウコウキ。

五年前の春に出会った子供の鞄にマジックで書かれていた名前は「ユウ」だった。いや、「ユウ」だと思っていた。掠れて見えにくかった字は、本当は「ユウ」ではなく「コウキ」と書かれていたのではないだろうか。もしそうなら、急速に成長している。四歳の子供が、たった五年で二十歳くらい成長している。

吉乃は、最後に会った日の言葉を思いだした。

『なぁ、吉乃。次に会う時、俺は今よりずっと大人になってるかも』

彼独特の、艶のあるよく通る声に宿った憂い。変わりゆくものを惜しむようなそれは、どうしようもないことに抗いたくて、けれども抗っても無駄だという諦めによるものだったのかもしれない。

『大人になった俺のこと、吉乃はちゃんとわかるかな？』

あれはこういう意味だったのか。別れ話を切り出すのを思いとどまったような態度だったのも、よく覚えている。あれは、本当のことを言えずに呑み込んだ彼の苦しみの表れだったのではないだろうか。

なぜ、彼だけが急速に歳を重ねているのだろう。

自問していると、ドアがノックされて柊が入ってきた。お茶の時間だ。

「坊ちゃま。どうかなさいましたか？」

ここ数日、ずっと閉じこもってばかりだったから心配しているのだろう。運んできたおやつは吉乃が好きなクロテッドクリームを添えたプレーンスコーンだが、それを目にしても食欲が湧かない。

「なぁ、柊。速く成長する病気ってあるのかな」

「なぜ急にそんな質問を？」

考えていることがあまりにも非現実的なため、言葉にするのをためらった。しかし、一人で考えたところで答えが見つかるとも思えず、恐る恐る口に出してみる。

「前に子供を連れてきたの覚えてるか？　ユウって子。あの子供とひまわりって似てるよな。歌が好きなところとか」

柊は黙って聞いていた。

「実はさ、ひまわりに似た人に会ったんだ。そっちは二十代半ばなんだけどさ、声がそっくりで、落とした会員証を見たら斉藤向葵って書いてあった。向かうに葵って書いて向葵。だから他人のそら似か親戚かと思ったんだ」

続きが出てこなかった。どうしても言葉にできない。

柊は無理に聞き出そうとはせず、黙って待っていた。折り目正しく立っている姿に、喉のところでつかえていた言葉を思いきって絞り出す。

「でもさ……その人、ひまわりって呼ばれたんだよ。まさかと思ったけど、前にあいつが急に大人っぽくなったこともあったし……次に会う時は大人になってるかもって言ってた。自分のことがわからないかもって……そんな感じのことを口にしてたんだ」

三人とも同一人物だと言ったら、病院に連れていかれるだろうか。長い療養生活でおかしくなったと思われるかもしれない。

「ごめん。俺、心の病気かな？　躰だけじゃなく、心まで病気になったのかな？」

「いえ、そんなことはございません。我々が知らない、ごく稀な病というのは存在します。世界で数人しかいないものも」

柊によると、ウェルナー症候群という、遺伝子疾患により他人より速く歳を取る病気が存在するという。思春期を過ぎる頃から老化が進む病だ。

ひまわりは老化とは違うが、それに似た別の遺伝子疾患があるのかもしれない。肉体や知能が急成長し、そして衰えていく疾患が。

「俺を信じてくれるのか？」

柊は心配しなくていいとばかりに、深く頷いた。

「ここへおいでになった小さな坊ちゃまは、ご自分からユウと名乗られたわけではないのでは？」

「でも、ユウと呼ばれて否定しなかった」

言いながら、果たして本当にそうだっただろうかと記憶を辿った。ユウじゃないと否定しなかったが、なぜ自分をユウと呼ぶのかと聞かれたような気がする。

「もしかして柊は気づいてた？　ユウとひまわりが同じ人だってこと」

「鞄の文字はユウと書かれてあるようにも見えましたが、おやつを召しあがっている時に鞄をお預かりした際、掠れた文字がもうひとつあるようでした。ですから、ユウキかコウキ。そのどちらかだと。まさか、ひまわり様と同じかただったとまでは想像もつきませんでしたが」

こんなことが、本当にあるのだろうか。こんなことが。

「どちらにしろ、もうお会いにならないほうがいいでしょう。あなたと違う時間を生きておられるなら、すぐに別れがきます」

そうだ。あの時四歳だった彼が、二十代半ばになっているということは、四倍くらいの速さで歳を取っている計算だ。

病が治らない限り、成長したのと同じ速さで衰えていくだろう。いずれ置いていかれる。先に老いて死を迎えるとわかっていながら、関係を持つのはあまりにも愚かだ。今なら引き返せる。

「万が一坊ちゃまに会いにこられても、お引き取りいただいて構いませんね」

すぐに答えられなかった。

それは他人より速く老いる苦悩を抱える彼を拒絶するのと同じだ。そんなことはしたくなかった。病を治せずとも、せめて背負っているものを共有したい。

だが、柊に優しく諭される。

「ご自分の立場もお考えください。余計な苦しみを味わう必要はありません。お躰にも障ります」

働きもせず、ここで何不自由なく療養生活をしている自分には、好きな人の苦しみに寄り添う資格はないと言われたようだった。

「そうだな」

「さ、召しあがってください。焼きたてが一番美味しゅうございますから」

促され、大好物のスコーンに手を伸ばす。まだ温かく、バターのいい香りがした。表面がサクサクとして、クロテッドクリームを塗るとさらに風味が増した。けれども、こんなに美味しいおやつをちっとも味わえない。味わう気にすらなれない。

思いだすのは、シフォンケーキをペロリと平らげた時のひまわりだ。大きな口を開け、唇に生クリームをつけて吉乃のぶんまで食べた。優しい記憶の存在はつらい気持ちをより大きくする。

自分なんかよりずっと生きる力に溢れる彼が、不治の病だなんて。

「どうしてだよ」

つぶやき、一人でスコーンを黙々と口に運んだ。楽しいおやつの時間がこれほど苦みを伴うなんて、初めてのことだった。

それから吉乃は、これまで以上におとなしく屋敷で過ごした。しかし、塀の向こうからひまわりが顔を出すのを待たずにはいられない。そうすまいと思うが、気がつけば今日こそは来るんじゃないかと彼の姿を探している。来ても会わない、柊が追い返すとわかっているのに、それでも心は待ち続けた。

季節が深まっていくにつれて、恋い焦がれる想いもまた濃度をあげていく。口にできない想いが宿ったのではと思うほど、山の紅葉はいつもの年よりずっと赤く色づいた。そうすることしかできないというように。

そして、秋色に染まった庭がどこか寂しく見え、諦めという風を心に呼ぶある夜のことだった。

窓を叩く音に目を覚ました。風かと思ったが、カーテン越しに窓の外に人がいるのが見える。急いでベッドを下りてカーテンを開けた。

「ひまわり」

ガラス越しに見る彼は、吉乃の歳を追い越すほど大人になっていた。その日は月がいつもより明るく、青白い光が成長した彼の魅力をよりはっきりと浮かびあがらせている。以前よりずっと発達した骨格。荒々しくもどこか懐かしい深さに満ちた表情。そこには人が滅多に踏み込まない山奥に広がる静けさと同じものが横たわっており、過ぎ去った時間の重さが年輪さながらに重なっていた。

彼は確かめるように吉乃の顔を、首を、肩を、腰を、何度も見つめてくる。ここにいるのが信じられないのか、驚きとともにあるのは再会できた喜びに他ならない。ガラスに添えられた手は吉乃に触れたいという気持ちの表れで、実際にそうされる以上に彼の想いを感じた。

ここ、開けて。

昼の動きからそう言っているのがわかり、すぐに鍵に手を伸ばす。

「ひまわり?」

「やっとたどり着けた。ここって何度も迷う」

変わらない笑顔を見て、本当にひまわりだと確信した。歳を重ねているが、こうして目の前にいるとわかる。理屈じゃない。

「部屋入っていい?」

「いいよ」

柊の言いつけを守ることなどできなかった。なんのためらいもなく彼を招き入れることへの罪の意識はなく、ただ会えた喜びだけが吉乃を満たした。

どうか月が運んだ夢ではありませんように。

「やっと会えた」

抱き締められ、抱き締め返す。それだけでよかった。

長い時間一緒にいられなくてもいい。置いていかれても構わない。束の間の幸せでも、ないよりずっといい。

「やっぱり俺だってわからなかったよな。成長して見た目も随分変わったし」

いいや、すぐにわかった。ただ、信じられなかっただけだ。

そう言いたかったが、胸がいっぱいで言葉が出てこない。彼を部屋に入れてしまった罰として、神様が声を奪ったのではないかとすら思う。

「俺、大人になっただろ？　なりすぎたよな」

自分の病を詫びるようなことを言う彼が、切なかった。

誰のせいでもないというのに。

「山で会った時、全然変わってなくて驚いたよ。逃げられたから嫌われたかと思った。だから、今日はすごく緊張してるんだ。帰れって言われたらどうしようって」

「ち、ちが……、びっくり、した……だけなん、だ。本当に、ひまわりだって信じられなくて」

やっと声が出た。嫌ってなんかいないと伝えたかった。好きだと。そして、以前よりずっと成長した姿を瞳に映した。ずっと魅力的になった彼を。

吉乃を見下ろす瞳には、大人の落ち着きがあった。けれどもその奥に、熱情が顔を覗かせている。

キスした時の彼は、剝き出しだった。少年らしいあからさまな想いと欲望を隠しもせずぶつけてきた。しかし、今は違う。それらを隠す術を身につけた彼は、底知れぬ色香で吉乃を呑み込もうとしている。心の奥底が鋭い爪で深く搔かれたように、熱を持ち、ズクズクと脈打つのだ。

それは痛みでもあり、悦びでもあった。何もない平穏な日々に慣れている吉乃にはあまりに強い刺激だが、心が満たされる。震える。

「大事なことを吉乃に伝えてなかった。本当はちゃんと伝えるべきだったんだ。勇気がなくて言えなかった。あの時、俺はガキで怖かったんだ」

「いいんだ。言わなくていい。こうして会えたんだから」

聞かなかったのは、言葉にされると現実が迫ってきて胸が押し潰されるかもしれないからだ。嘆いても悲しんでも、現実は変わらない。それなら、楽しいことだけ口にしていたい。

「ひまわりって、斉藤向葵っていうんだ？」

「なんで知ってるんだ？」

「パスケース落としただろ。あれ、拾ったの俺。何度も道に迷ったのも知ってる。だから目立つところに置いといた」

「なんだよ、ひどいな」

ひどいと言いながら笑うその表情が、これまで吉乃が見てきた彼の姿と重なった。

ゴミ箱を帽子に見立てて歌を歌った子供の彼。

水を迸らせながら川遊びする少年の彼。

憂いを知り、大人と子供の両面を持つ彼。

そして、今目の前にいる彼。

全部、同じ人だった。これまで吉乃の心を動かした人は、たった一人だった。

「思春期の頃は、自分の名前あんまり好きじゃなかったんだ。身分が高いって意味の高貴と音が同じだからさ、先生にお前全然高貴じゃないってからかわれて、ふざけんなって思ってさ。冗談なんだからサラッと流せばいいのにな」

「だからひまわりって？」

「仲がいい奴はみんなそう呼んでたから。でも、今は別に嫌いじゃない」

本当の名前を唇に乗せてみた。

向葵。

「吉乃に言われると、ちょっとドキドキするな」

そう言われた吉乃のほうがドキドキした。吉乃が触れたひまわりの真実だった。彼の抱える病を知り、彼の本当の名前を知り、これから何を知っていくのだろう。

どんなことでも、それが目の前の人に関することならすべて喜んで受け入れる。

全部知りたい。全部。

吉乃は自分の奥に隠れていた激しさに呑み込まれていった。

柊の目を盗んで向葵と会う日々は、幸せと切なさでいつも胸がつまっていた。

柊には散歩に行くと言い、川のほとりで待ち合わせをした。山は恋人たちの道を紅葉の絨毯で覆い、頭上をあけびやさるなしの実で飾ってくれる。向葵が夜にこっそり会いに来ることもあり、そんな時は二人で抱える秘密がより深みを増すようだった。

部屋でひそひそ話をしていると、時間を忘れる。

大人になった向葵の声は、彼をひまわりと呼んでいた頃からさらに魅力的になっていた。人としての豊かさが加わり、熟成されたワインのように芳醇な香りを漂わせる。色気という香りを。

「秋祭り？」

「ああ、そう。ここの秋祭り。有名なんだ」

その日も向葵は日付が変わる頃に吉乃の部屋に忍び込んできて、二人は灯りを消したままベッドを背もたれにして座り、語り合っていた。肩同士が微かに当たっているが、たったそれだけの触れ合いすら吉乃の心を満たす。

「お面被るんだけど、かなりの人がそうするからさ、独特の雰囲気なんだよ。俺も昔一回行っただけなんだけど、日本式仮面舞踏会みたいなんだ。誰かよくわかんない奴が大勢集まるんだから、ちょっとドキドキするよな」

「へぇ。そんなのがあったのか。よく知ってるな」

ベッドで絵本を読んでもらうように、向葵の話に胸を躍らせながら耳を傾けていた。広がる光景は、吉乃とは縁遠い賑わいだ。

「祖父ちゃんがその祭りの神社で昔神主やっててさ、祭りのこととかよく聞かされたんだ。吉乃だってずっとここに住んでるんだろ？　地元なのに知らないのか？」

「山を下りてまで遊びには行かないからな。あ、でもこの近くでも季節ごとに祭りみたいなのはやってるみたいなんだ。俺はいつも屋敷から音聞くだけだけど、太鼓の音が聞こえたりしてちょっと騒がしくなる」

吉乃は風に乗ってやってくる祭りの音を思いだしていた。

人々の声や音楽、太鼓の音は、どこからともなく運ばれてくる。夜に外出することはほとんどないため、漏れてくる空気に軽く触れるだけだ。それでも、なんとなく元気が出るから不思議だ。

「秋に聞こえてくるのは、多分俺の言ってるやつだよ。毎年踊りを奉納するんだけど、それが迫力があってすごいんだ。太鼓の音で満たされてて、なんていうかトランス状態になって一心に踊るんだよ」

「へぇ、見てみたいな」

「踊りの他にも着物とか履きものとか……あと、本とかゲームも奉納するらしい。神様にここにいてもらうためにその年に流行ったお菓子なんかも供えてるらしいんだけど、神様ってそんなに俗物的だと思うか?」

「確かに。でもいいなー。なんでもかんでもわがまま聞いてくれるみたいでさ」

「吉乃のご機嫌は俺が取ってやるよ」

何気ない言葉だが、その言葉を口にできる自信が憎らしい。しかし決して的外れではないという予感が、吉乃にはあった。それは彼が本当に大人になったという証しであり、これから先に老いていくという現実でもある。

向葵の魅力を感じるほどにほろ苦い痛みを覚えるのだが、それでも分刻みで加速する彼への想いはどうすることもできなかった。

「な、一緒に行こう。柊さんも許してくれるって。俺がちゃんと吉乃の体調に気をつけてるからってさ」

柊が外出を許さないのは、それだけが理由じゃない。向葵と会っていることは、いまだ柊には内緒にしていた。だが、気づいているかもしれない。時折「昨晩は夜更かしでもされましたか?」なんて質問を浴びせてくるのだ。眠れなかっただけだと言ったが、おそらく気づかれている。そのうち咎められるかもしれない。

「浴衣着てこいよ。夜は少し冷えるからさ、浴衣に羽織着て参加するらしい」

「浴衣あるかなぁ」

「じゃあ俺が買ってやるよ。あ、それいいな。今度買いに行こう」

「え、いいよ」

「俺が吉乃の和装が見たいんだよ。二人で浴衣着て祭りに行きたい」

たわいもない会話なのに、望みを口にする向葵の声に微かな熱を感じた。それに反応して、吉乃の心も微熱に冒される。何かを望まれることが、欲されることが、こんなにも心を乱すなんて今まで知りもしなかった。

「俺のわがままだから。いいよな？」

少し強引だが、ひまわりだった頃の彼を彷彿させられて思わず頷いた。初めての夜遊びをした時のように、窓から連れ去ってくれていい。

「じゃあ甘える」

「やったね。そういやさ、吉乃は携帯まだ持ってないのか？」

「携帯？　携帯……あー、そういえば持ってない」

今まで必要なかったため、欲しいと思ったことはなかった。

「そっか。あんまり使う機会なさそうだもんな。そもそもこの辺って携帯の電波繋がらないんだよ。ほら、圏外になってる。あると連絡取りやすいけど、ここじゃ無理か」

いつだって好きな時に話せるのは魅力的だ。文明の利器が使えないのが残念でならない。

屋敷の電話は番号を教えているが、柊が出るため二人の連絡に使ったことはなかった。

「ま、いっか。ここに来れば吉乃はいつだっているんだし」

「うん、そうだな」

「じゃあ、明日また川のところで待ってるよ。一緒に浴衣買おう」

　翌日、二人はさっそくタクシーで街まで出た。別荘地とは大違いの賑わいで、静かな生活に慣れている吉乃には刺激が強かった。人々の歩みは速く、何度もぶつかりそうになる。

「吉乃、平気か?」

「うん。人混みに慣れてないだけだから」

　呉服店はタクシーを降りて少し歩いたところにあった。中に入って自動扉が閉まると、外の喧噪（けんそう）がピタリとやむ。客は一組しかいなかった。ひんやりとした静けさだが、涼しい森の中とは違う、どこか芯のあるはっきりとした冷たさだった。

「何かお探しでしょうか?」

　向葵に向かって年配の店員が丁寧に頭を下げる。

「浴衣探してて。男物を二組買おうかなと」

「そちらは夏用ですので、秋にお召しになるのでしたらこの辺りのものがよろしいかと思います」

　彼女は出入り口付近から店の奥へと案内した。秋っぽい色合いの商品が並んでいる。

「選ぶこつってありますか?」

「お好きな柄を選ばれるのが一番かとは思いますが、季節を取り入れるのが大人の着こなしでございます」

男性用は落ち着いた色合いのものが多く、向葵に似合いそうなものばかりだった。

「秋の浴衣って羽織も着るんですよね？」

「はい。秋浴衣は着物ふうに着こなすのがポイントでございます。こちらのセットには、足袋や草履もついておりますのでお勧めでございます」

店員は大まかに説明をしたあと、用があればいつでも声をかけるよう言って、少し離れたところで待機した。控え目な接客が心地いい。

「吉乃はどんな柄がいい？」

「わかんないよ。向葵が選んで」

「え、いいのか。着せ替えみたいで楽しいな」

「なんだよそれ」

向葵は次々に浴衣を手に取り、吉乃に当てていった。本当に人形になった気分だが、大の大人が着せ替えを楽しんでいるのがおかしく、されるがままになる。

「吉乃はこういう色が似合うな。色白いし」

「お前のは？」

「俺のはなんでもいいんだよ。なぁ、二着買ってやろうか？」

「なんで二着もいるんだよ。祭りは一日だろ。途中で早替えでもさせる気か」

「それいいな。俺が脱がしてやるから、途中で着替えるってのはどうだ？」

何が「どうだ？」だ。冷ややかな目を向けてやった。

「冗談だって。そう怒るなよ」

「怒ってない。呆れてるんだよ」

ははっ、と向葵は笑ったが、さらりととんでもないことを言われる。

「でも、着物脱がすのって男の憧れだよなぁ」

身長差のせいで、耳の辺りに口元がくるのがいけない。何気ないつぶやきは、一緒に悪いことをしようという誘いでもあった。子供なら笑って済ませられるが、大人のイタズラはそうはいかない。

「馬鹿、そんな顔すんなって。本気になってくるだろ。ここ店だぞ」

また耳元で声を聞かされ、実際に脱がされたみたいに全身が熱くなった。店員が「どうでしょうか？」なんて話しかけてくれないかと思ったが、目が合うことはなかった。接客が控え目すぎやしないかと、理不尽なことを考えてしまう。

それからさらに二十分ほど迷い、向葵は蜻蛉(とんぼ)の柄が入った紺色の浴衣に濃紺の羽織のセットを、吉乃はほおずきの柄が入った浅黄色の浴衣にクリーム色の羽織のセットを買うことにした。

「本当に買ってもらっていいのか？」

「いいに決まってるだろ。俺が吉乃の浴衣姿が見たいって言ったんだから」

呉服店を出たあとはカフェに入り、石窯サンドとコーヒーを買って公園に向かった。ベンチの前は銀杏(いちょう)の並木道で、金色に染まった世界が広がっている。

「ここの旨いんだ。吉乃にも食べてもらいたくてさ」

「デカい。何これ、チキン？　美味しそう」

「なんかハーブが入っててさ、それがいいんだよ」

石窯で焼いたというパンは弾力があって風味もよく、ハーブの利いたチキンとの相性が抜群だった。天気もよく、風はほとんどなくて空気が優しい。

「あー、のんびりしてていいな」

「仕事大変なのか？」

向葵は継父の仕事を手伝っていると聞かされた。アンティーク家具のリペア職人として海外で修業をしてきた継父は、三年前に長年夢だったアンティーク家具の販売を行う会社を立ちあげている。向葵も家具についての知識を学び、買いつけや販売をするようになっていた。今も年に二度ほどは買いつけに行くという。

「店舗は東京にあるけど、倉庫をこっちで新しく借りたんだ。都会だと保管に金がかかるし、店のホームページを業者に頼んで、ネットに繋げばどこからでも商品が見られるようにしてるところなんだ。まだ先の話になるけど、みんなが気軽にアクセスできるようになったら通販で買いものもできる。だから、今から力入れとこうと思ってさ」

「向葵のアイデア？」

「そう。父さんはもともと職人だから、経営手腕は営業やってたお袋のほうがあるんだけど、俺にも随分任せてくれるようになったんだ」

「お父さんと上手くやってるんだな」

「いい人だよ。俺のことを本当の息子みたいに思って接してくれる。そりゃはじめは抵抗もあったけど、俺ももう大人だからあの人の立場になって考えられる」

あの夜。両親の離婚や母の再婚に揺れていたひまわりは今、大人の男として吉乃の目の前にいる。こうしている今も、彼の時間は急速に過ぎている。

大人の男に成長した向葵を見るにつけ、そのことを思い知らされた。

金色に色づいた世界も、いずれ終わりが来る。次に待っているのは、指先がかじかむ季節だ。息を吐きかけてくれる人がいれば寒さも心を温めてくれるだろうが、一人になれば痛みにすらなる。

「来月は買いつけに行くんだ。だからまた少し来られなくなる」

「そうか」

病に冒されているのなら、仕事などせずにここにずっといればいいのに。そう言いたかったが、ただのわがままだとその言葉を呑み込んだ。

「寂しいか？」

「べ、別に」

否定しても、見抜かれているのはわかっていた。吉乃がどれだけ隠しても、掻き分けて真実を見つけてしまう。

「俺は吉乃に会えないと寂しい」

「……向葵」

「でも、あの人の力になりたいんだ。お袋のことも本気で支えてくれたし、再婚したばかりの頃は、滅茶苦茶迷惑かけたりしてるからさ」

「うん、親孝行するといいよ」

隣のベンチにいた女性二人組が、時折こちらを見ているのがわかった。ショートカットの気が強そうな子と毛先を巻いたゴージャスな感じの子で、まったくタイプは違うが、どちらの視線も向いているのは向葵のほうだ。

あんたらは見る目があるよ、と不満とも自慢ともつかない感情が顔を覗かせる。

「ところで秋祭りは待ち合わせしないか？　祭りの会場まで一人で来られるならだけど」

「大丈夫だよ。子供扱いするな」

「それならよかった。待ち合わせってなんかわくわくするよな。特にデートだと」

デートと言った。臆面もなく。

途端に、ぼんやりとしかイメージしていなかった向葵と行く祭りが際だった輝きを伴って吉乃に迫った。特別なことのように思えて胸が高鳴る。ますます楽しみになった。待ちきれない。

「待ち合わせ場所はどうする？」

「うーん、そうだな。吉乃でもわかりやすいところって言ったら……」

祭りのメインイベントは、二十人から三十人くらいのグループがそれぞれの衣装に身を包み、踊りながら一時間ほどかけて神社の境内を目指すものだ。出発点である町役場駐車場には踊り手が集まり、隣の自然公園に夜店が出る。その出入り口付近で落ち合うことにした。

「人多そうだ。ちゃんと会えるかな」

「早めに集合すれば大丈夫だろ。お面つけてくんの忘れるなよ」

「向葵はどんなお面なんだ？」

「内緒。吉乃は？」

「じゃあ俺も言わない」

先ほど向葵を見ていた女性の二人組は、いつの間にかいなくなっていた。足もとでカサリと銀杏の葉が音を立てる。何枚か拾い、柄の部分を指で摘まんでクルクルと回した。扇型のそれは真ん中に切れ込みが入っているものもあれば、入っていないものもある。

「そういや祖母ちゃんが昔作ってたな」

思いだしたように言ってから、向葵も一枚手に取った。何をするのかと思って見ていると、銀杏の葉はあっという間に黄色い蝶々に変わる。

「へー、すごい」

「祖母ちゃんってさ、こういう自然のもので遊んでくれるよな」

手渡され、銀杏で作ったモンキチョウを手のひらに載せて掲げた。風に揺れるそれは、本当に生きているように見える。

向葵と二人で、穏やかな季節を存分に味わおうと思った。

美しい景色が寂しさに覆われるまで。

「坊ちゃま」

柊に呼びとめられ、自分の部屋に向かおうとした吉乃は息を呑んだ。手には買ってもらったばかりの秋浴衣のセットが入った紙袋を持っている。言いわけなどできない。

階段の途中で立ちどまった吉乃の目に、折り目正しく階下に立つ柊の姿が飛び込んできた。何を言われるのかと身構える。

「どこへお出かけされていたのですか?」

「どこって……街まで」

「どなたとです?」

「わかってるんだろ? 俺をここから連れ出すのは一人しかいない」

隠しても無駄だと白状した。柊はゆっくりと階段を上ってきて、二段下で足をとめる。もともと吉乃より目線の高さは低いが、いつも以上に見下ろす格好になった。それなのに、まっすぐな視線にたじろがずにはいられない。

「なぜ黙って行かれたのですか」

「とめられるから」

「あれほど申しましたのに。つらい思いをするだけです。それでもいいのですか?」

柊の口調は吉乃を責めてはいなかった。一つ一つ気持ちを確認するように、穏やかに問いかけてくる。それは、柊が吉乃の味方だという証しだった。

これまで一度たりとも敵だったことはない。ずっと吉乃に寄り添っていた。だからこそ、わかってほしい。

「向葵といると楽しいんだ」

「坊ちゃまが苦しい思いをされるだけです」

「それでもいいんだよ、柊。このまま何もない時間が過ぎてくより、あとでつらい思いをしても、向葵が生きてる間に一緒の時間を過ごしたい」

「失う本当のつらさを、坊ちゃまはまだご存じないだけです」

「知らないままでいるほうが楽だって、当然わかってるよ」

柊を口籠もらせるほど、はっきりとした主張だった。

そうだ、わかっている。何も知らないほうが苦しみも味わわなくていい。それでも、吉乃は選んだのだ。自分の心を掻き乱すものを。時には嵐に吹かれたようになるものを。向葵と関わることで生まれるものなら、痛みすら知りたい。自分の一部として抱えていきたい。

「そうでございますか」

寂しげに笑う顔は、これから経験するつらい別れに吉乃の心が耐えられるか心配しているようでもあり、自分の手を離れようとしている子供を見ているようでもある。

「わがままを言う資格がないのはわかってる。でも、向葵への気持ちだけはどうしようもないんだ。俺は……向葵のことだけは、自分のしたいようにする」

はっきり口にすると、柊は目を閉じてゆっくりと息を吐いた。

「承知しました。坊ちゃまがそうおっしゃるなら、もうとめやしません」

「……柊」

「本当におつらい思いをされることでしょう。その時は、わたくしが坊ちゃまの傍におりますので。お一人ではないということを、どうかお忘れにならないよう」

思わず抱きついた。バランスを崩した柊を支え、しっかり立たせて躰を離す。

「ごめん。嬉しくってつい」

「いえ、当然です。ずっと窮屈な思いをされてきたのですから」

ほほ、といつものように笑った柊は、紙袋の中を覗いた。

「それはそうとその中身は……おや、浴衣でございますね。しかも秋用の。着つけはどうされます？」

「浴衣なんだからサッと着られるだろ？」

「せっかくですので、きちんと着たほうがさまになります」

「じゃあ、祭りも行っていいんだよな？」

「はい。それだけの決意があるなら、きっと何があっても後悔はされないでしょう。これ以上、わたくしに坊ちゃまをとめる権利はございません」

もう一度抱きついた。今度はバランスを崩さないよう、慎重に。

「ありがとう、柊」

嚙み締めるように言い、感謝を伝えた。

それから祭りまでの日々を、どれほど待ち遠しい思いで過ごしただろう。

当日は、朝からそわそわしていた。房枝の美味しい料理を味わう余裕すらなく、すぐに時計を見てしまう。気を紛らわせるために、着ていく浴衣を何度も眺める。

「天気に恵まれてようございました。これなら日が落ちても、お寒くはないでしょう」

「大丈夫だよ。体調が悪くなったら、すぐに帰ってくる」

「そうでございますね。知らない人に話しかけないように」

「なんだよそれ。知らない人についていかないようにじゃないのか？」

いつまでも子供扱いなのに、苦笑いする。

「坊ちゃまは療養中の身ですから、病気などうつされては困ります」

「わかってるよ。調子はいいんだって」

「山を下りるまではスニーカーをお履きになるといいでしょう」

「それもそうだな」

子供の足でも登ってこられるとはいえ、確かに草履で山道を歩くのは大変だろう。転んで浴衣を汚しでもしたら台無しだ。

柊に言われたとおりスニーカーを履いた。ふもとで履き替え、脱いだものは向葵がバイクを隠していたように草むらの中に潜ませる。

バス停で待っていたが、目的地へ運んでくれるバスなのか確認している間に素通りしてしまい、一本遅れた。だが、早く屋敷を出すぎたようでまだ時間はある。

次のバスが来た時は浴衣を着た女性がスピーカーで行き先を確認したため、迷わずすんなりと乗車できた。車内にも何人か祭りに向かう浴衣姿の人がいる。

人混みは、街に買いものに出た時以上だった。少しずつ夜の帳が下りてきて、朱色の提灯が闇に浮かぶ。バスから降りた人々は祭りの人混みに吸い込まれていった。

面をつけた人々で溢れ返る様子は、あやかしが宴にでも集まっているようだ。幻想的で、少し怖くて、好奇心を刺激される。これほどの人出とは思わず、向葵とちゃんと会えるだろうかと心配になってきた。だが、人混みの中にひときわ目立つ男を見つける。顔は面で隠しているのに、なぜだかすぐにわかった。朱色の提灯が並ぶ下を歩く向葵を見ているだけで胸がつまったようになる。

彼は、穏やかだった吉乃の日常に突然飛び込んできた変化だった。

「あ、吉乃。もう来てたのか」

「遅いぞ、ひまわり」

その名前で呼ぶと、軽く手をあげる。

「やっぱそっちの呼びかたもいいな」

どうしようもなく、彼への想いで胸が満ちた。満ちすぎて、苦しいくらいだ。

彼に出会うまで、吉乃の日々は美しい風景画のようだった。切り取られた世界では咲き誇る花はみずみずしいままで、湖面に映る木々は青々としており、太陽が注ぐ光を遮る雲が現れることもない。穏やかで、なんの危険もなく、終わりのない安寧がただ横たわっていた。

けれども今は、移ろう景色を鏡のように映し出していた水面は風に吹かれて揺れ、時折雨に降られて濁る。暗闇を引き裂く稲妻が落ちてくることがあるかもしれない。

変化するそれは常に安泰とは言えないが、いずれまた晴れ間を映し出す。その傍らに生息する植物が枯れても、落とした種はいつしか芽吹き、葉を広げ、新しい花をつける。鳥が実をついばみに来ることもあるだろう。

いろいろなものが、生まれ、死んでいく。

嵐がなければ見られなかったそれは、これまでに感じたことのない喜びを吉乃にもたらした。


祭りのボルテージがあがっていた。

向葵と落ち合った吉乃は夜店でリンゴ飴を買ってもらい、人混みを歩いた。恋人繋ぎをしたまま歩くことに少しずつ慣れてくる。

これだけの人出だ。二人の手元に気づく者などいない。

「迷子になるなよ」

「何が迷子だよ。柊といい、過保護なんだから」

「だって吉乃は目を離したらすぐにどっか行きそうだから」

屋台の出ている会場から神社に続く大通りまでは規制線が張られており、歩行者天国となっていた。観覧しようと沿道には大勢の人が集まっている。

大通りでは、揃いの面と衣装を身につけ両手にバチを持った参加者たちが、腰の太鼓を叩きながら踊っていて、吉乃たちのところまで聞こえてきた。

どん、どどん、どん、どどん！　どどかんどんかん、どどかんどんかん、どどかん、どんかん、どどかん、どんかんっ、どどん、どどどどどんっ、——カンッ！

太鼓の音、地面を踏み鳴らす音、激しい踊りによる衣擦れの音、装飾品がジャラジャラと鳴る音。それらは互いを補い合い、高め合い、ひとつの世界を奏でていた。

音だけでも、この世界に引き込まれる。

「すごいな。音の振動がここまで伝わってくる」

通りのほうに目を遣る向葵の瞳に、提灯の朱色が映り込んでいた。狐の面の奥にある黒目にそれが浮かんでいると、よりその存在が不確かなものに感じた。

向葵に囓られたリンゴ飴を舐めながら、横顔を眺める。すっかり大人へと成長した彼の、顎からえら骨にかけてのラインが切ないくらいにまっすぐで、何ものにも代えがたい美しさをここにとどめておきたいと思う。

押しピンで壁に写真を貼りつけるように、この瞬間に自分を固定させたい。踊りが生み出す不思議な空気にはそれが可能に思える雰囲気が漂っていて、自然の摂理を超えた力が働き、実現しそうな気持ちになる。しかし同時に、それがただの夢であるともわかっているのだ。

蘇るのは、修理したバイクで出かけた時の記憶だ。

『どうせなら今ここで一気に大人になりてぇよ』

あの時、彼はそれを強く望んだ。だから神様がイタズラをしたのか。成長を加速させたのか。いや、彼の時間は出会った頃からすでに吉乃たちに比べてずっと速く流れていた。にもかかわらず、彼はさらに加速することを願った。

吉乃と一緒にいるために。

望みどおりこうして大人になったが、それは一緒にいる時間が残り少なくなるという意味でもあった。親の都合に振り回されずに済むようになったが、この先に見えるのは別れだ。加速しながら過ぎていく彼の時間は、それを通常よりずっと早く二人の前に運んでくるだろう。一度流れに乗ると、とまらない。

それは、打ちあげ花火が一瞬の輝きを放って消えるような儚さだった。

そう感じるにつけ、あの時返した言葉を後悔せずにはいられない。

『黙っててもそのうちなるよ。嫌でも大人になる』

知らなかったとはいえ、なんて残酷なことを口にしたのだろう。

「ん？　どうかしたか？」

「いや、なんでもない。あとで踊り見に行こう」

「ああ。その前にこっちも楽しんでからな」

二人は夜店が並ぶ中を歩いた。イカ焼きや焼きそばのいい匂いが漂ってくる。射的やヨーヨー、面を並べている店もあった。その中に金魚掬(すく)いの店を見つける。

「なぁ、あれやろうか？」

向葵に手を引かれ、長方形の水槽を覗いた。たくさんの金魚が泳いでおり、下からライトが当てられている。模様はさまざまで、躰全体が朱色のもいれば乳白色と朱色が交じったのもいた。ほとんど乳白色のものも。

その中に黒い出目金がいた。彼らは同じ色同士で集まることなく、自由に朱色の金魚たちの間を縫うように泳いでいる。向葵は狐の面を頭頂部まであげペロリと唇を舐めた。目が少年のそれになっている。

「どっちがたくさん捕まえられるか競争しよう。勝ったほうの言うことをなんでも聞く」

「え、俺やったことないけど」

「俺だってガキの頃やったっきりだ。条件はそんなに変わんないだろ。すみません、二回分お願いします」

ポイを手渡された吉乃は面を外して身を乗り出し、水槽を覗いた。赤い衣を靡(なび)かせながらすいすいと泳ぐ金魚たちは、優雅ですらあった。しかし、ポイを水にそっと差し込んだだけで、サッと散らばって逃げる。

「吉乃みたいだ」

「え？」

「捕まえようと思っても、すぐに逃げられる。捕まえられそうで捕まらない」

「俺は逃げてなんかないぞ」

「そうか？」

もう一度そっと水の中にポイを入れたが、途端に紙が破れて金魚が逃げた。微かに揺れる水面にポチャンと振動を残し、再び生き生きと泳ぎだす。

「こつがあるんだってさ。水圧で破れないように水に対してポイを斜めに入れるんだ。頭でわかってても、そう簡単にはいかないよな」

向葵がスッと水に潜らせると、金魚はまたサッと散った。しかし、一匹乗る。それは濡れた紙の上をぴちぴちと跳ねた。破れそうで破れない。

「わ、乗った」

思わず声に出すと、向葵は「ふふん」と得意げに笑った。わずかに開いた唇の端に、赤い舌先が覗いている。

吉乃は、まるで自分が捕らえられたような気持ちになった。水で破れやすくなった薄い紙の上で無防備に濡れた躰をさらしている。

まるでどうにでもしてくれというように。

「俺のもんだ。これでもう逃げられない」

向葵は左手に持った器を寄せ、ポイを傾けた。仲間のいる水槽から小さな世界へ閉じ込められるのを見た瞬間、ぽちゃん、と吉乃の中で水の王冠が弾ける。

金魚はそうされて安心しているようにも見えた。吉乃もこんなふうに捕まりたいのかもしれない。

夜店をあとにすると、二人は再び通りのほうへ向かった。手には向葵が獲った金魚の入ったビニール袋を持っている。朱色のが一匹と、黒が一匹。

「吉乃、踊りがよく見えるところに行くぞ」

夜が濃くなるにつれて、集まる観光客の数も増し、踊りの熱量もあがっていく。

どどどん、かんっ、どどどんっ、かんっ、どどどん、かんっ。

音の源に近づくほど、その振動は心臓によく伝わってくる。沿道から大通りを覗くと、白い衣装の団体が踊っていた。太鼓を鳴らすのは皆同じだが、グループごとに衣装も踊りもまったく違っている。

目の前にいるのは、藁(わら)の頭巾を被り、目や口のところに穴が開いただけの表情のない赤い面を被った人たちだ。

どどかん、どんかん、どどかん、どんかん。どどどどどん、どどどどどんっ！

躰を大きく傾け、逆に傾け、身を翻し、空を仰ぎ、地面に伏せて跳びあがる。その姿は苦しみに喘(あえ)いでいるようでもあったし、歓喜に噎(む)せているようでもあった。

「やっぱ人が多すぎて沿道からはよく見えないな。別のところから見よう」

手を引かれて向葵についていくと、太鼓の音が少しずつ遠ざかっていく。

「どこに行くんだ？」

「穴場。なんでも言うことを聞くって約束だろ？」

「一方的に決めたんじゃないか」

「でも賭けには乗った。今さらなかったなんて言わせない」

その強引さは、心地よくもあった。吉乃に決定権を渡さないのは、ある意味思いやりでもあった。全部自分のせいだと、自分が仕掛けたことだと言ってくれる。

二人は人波を縫うように沿道をどんどん歩いていき、踊りの終着点である神社へと向かった。大通りの突き当たりが階段で、百段以上もあるそれを上っていけば赤い鳥居が立っており、境内へと入れる。

だが、神社へ向かうわけでもなく、大きく迂回(うかい)するように大通りから離れて人気の少ない裏道に入っていった。正面階段を横から眺める位置に来る。

　こうして見ると、山の中腹に神社があるのがわかった。正面から階段を上って鳥居を潜ると参道が延びていて、境内に行き当たる。その一番奥に本殿があるはずだが、周りを取り囲むように森が広がっているため、ここからは屋根の先端が見えるだけだ。

　向葵はさらに神社の裏側に向かって歩いていった。祭りの賑わいが遠くなるにつれて、彼をより近く感じる。

　体温、息遣い、声。何もかもがすぐ傍だ。

「ねぇ、どこに行くんだよ」

「だから穴場だって。あ、あった。あれだよ」

　指差したほうに階段が見えた。人一人がやっと通れるようなそれは曲がりくねっていて、コンクリートできちんと整備された階段と違い、ブロックを並べただけの簡素なものだ。少し歪（いびつ）なそれは、神社の裏に広がる森に繋がっている。

「こっちは地元でも知ってる人が少ないらしくて、あんまり人が来ないんだ。足もと気をつけろ。裏山から境内を見下ろせるんだ」

「わ、ちょっと待って」

　こちらには灯りもないため、つまずきそうになる。向葵が手を握っていなければ、すぐに尻餅をつくだろう。

「ほら、ここからでもいい眺めだろ?」

鳥居に向かって提灯が並んでいるのが見える。闇が深くなるにつれて、幻想的な雰囲気がより身に迫ってくるようだ。

風に運ばれてくる太鼓の音は間近で聞くよりずっと小さかった。鈴虫がすぐ近くで鳴いている。その声は二人を包む静寂をより確かなものにしていた。草を踏み分けて歩く音は、誰にも邪魔されない場所への渡りの印に聞こえた。

はぁ、と息が切れる。吉乃の手を引く向葵が立ちどまった。

「平気か?」

「う、うん。ちょっと息があがっただけ」

「ごめん、療養中だって忘れてた。もうすぐだから急ぐことはない。ゆっくり歩こう」

しばらく上ると、神社の裏に出た。境内を見下ろせる位置で、周りは木々が生い茂っている。まだ踊り手は到着しておらず、境内は静まり返っていた。独特の雰囲気に息を呑んだ。闇を舐めるような松明の炎は静かで、激しい。

「一番手がもうすぐ来るぞ」

太鼓の音が階段を上って近づいてくるのがわかった。こうして上から全体を見下ろすと、荘厳さがより際だつ。

どどん、かんっ、どどんっ、かんっ、どどどどん、どん、かんっ。

頭に飾りをつけ、面を被った者たちが鳥居に続く長い階段を踊りながら上ってくるのが見えた。人ならぬ者たちが、闇を支配しようとしているようだった。徐々に近づいてくる音はその到来を思わせて、鳥肌が立った。

怖いのか、そうじゃないのか、よくわからない。

しばらく無言でその様子を眺めていたが、ふいに向葵の視線を感じる。見ると、まっすぐな視線を注がれていた。

「な、何?」

「いや、なんか……吉乃とこうして来られてよかったなって思ってさ」

「なんだよ急に」

「ずっと会いたかったから。やっと会えたから」

熱っぽく語られる言葉には、彼の想いが宿っていた。きっと向葵は、自分に会うためにできる限りの努力をしてきたのだろう。手放しに信じられる。

それが嬉しくて、自分もその想いに応えたいと思った。報いたいと。

向葵の視線が吉乃の瞳を離れて下に移動すると、自ら唇を寄せた。

「うん……っ」

両手を頬に添えられ、上を向かされる。大きな手だった。

唇を軽く吸われ、舌でなぞられる。ビクン、と反応すると、微かに開いた隙間から舌がぬるりと入ってきて、口内をゆっくりと舐められた。

「んぁ……」

漏れた声の甘さに、驚く。向葵への想いが溢れ出し、呑み込まれる。差し迫ってくるような太鼓の音に心臓も共鳴していた。踊り手は先頭が境内に入ったところだ。境内は次第に踊りの熱気で埋め尽くされていく。

「吉乃……」

「ぁ……ん、ぅんっ、ん、ん、んんっ」

切実さを増す口づけに、ついていくのがやっとだった。地面に押し倒され、金魚の入った袋を落とす。草の上に転がったそれを横目で見ながら、ああ、自分はこれから彼にすべてを捧げるのだと思った。負けたほうがなんでも言うことを聞くと、約束した。

だが、賭けなんて関係なかった。

自分がそうしたいから、すべて彼のものだと今ここで誓う。

袋に閉じ込められた金魚は、地面に落ちても変わらず水の中に浮いていた。透明な膜で覆われた世界で、二匹は幸せそうに泳いでいる。

「好きだ、吉乃。ずっと好きだった。ずっと……」

「んぁ、……はぁ、……俺、も……っ、ぁ……ぅんっ」

心臓の音と向葵の荒っぽい息遣い。境内では太鼓が鳴っている。踊る行為に没頭する彼らの熱が、ここまで伝わってくるようだった。

それは数を増し、音量を増し、二人をこの世から遠ざけようとしている。


草の匂いのする場所で向葵と繋がる行為は粗暴で、切実だった。

覆い被さってくる彼の激しさが、どこか懐かしくもある。かつて見せられたそれは、大人になって分別(ふんべつ)を知ったぶん、より深い熱情を伴って吉乃を巻き込んだ。

草むらに押し倒され、草と土の匂いに目眩(めまい)を起こしながら身を委ねる。

「ぁ……、ぁ……あ……、……こう、き……っ」

「唇が……リンゴ飴の味だ」

ひとしきり唇を貪った向葵は、目許に欲望をはっきりと浮かべてそう言った。嚙られたリンゴ飴のように、吉乃も自分の一部を持っていかれた気分だった。それは向葵に取り込まれ、彼と混ざり合う。

「うんっ、んぁ……、ぁ……あ……ん、んぁ……っ」

再び唇を重ねられ、口内を舐め回されるがまま舌を絡め合った。口に残った飴の甘さとリンゴの甘酸っぱさをすべて搦(から)め捕られても、向葵は貪ることをやめない。

「ぁ……ん、ぅん」

神に奉納する踊りを間近に感じながら、吉乃は自分を向葵に捧げるような気持ちで躰を開いた。

すべて差し出す。求められるまま、あますところなく。

駆け抜けるように過ぎていく彼の時間の中に自分を少しでも多く残しておきたいのに、その手立てがわからない。

「好きだ、吉乃」

艶のある声が、欲望に濡れていた。

浴衣の裾はやすやすと手の侵入を許し、膝が膝に触れるのを容易にする。太股の内側をなぞる向葵の手は、すべてを知っているようだった。欲望の在処をどこに隠しても、いずれ見つけてしまう。

「俺も……っ、俺も……、——ぁあ……っ！」

ガリリ、と首筋を噛まれて、喉が激しく痙攣(けいれん)する。

リンゴを包んでいた飴は、あっさりと砕かれて飲み干された。向葵の前では、どれほどの抵抗も簡単に砕かれる気がした。本音ごと呑み込まれてしまう。

「全部見せてくれ、吉乃」

言葉で答える代わりに、首に腕を回してしがみついた。放しがたく、いとおしい。二人の時間をこの瞬間に縫いつけられたらどんなにいいか。

「見て……、向葵、……見て、……もっと、見て……っ」

「吉乃……っ、……はぁ……っ」

耳元で聞かされる獣じみた息遣いの向こうで、太鼓の音が聞こえていた。

どどん、どん、かん。どどん、どん、どん。かん、どどんどん、どん、かんっ。

面で顔を隠した者たちの踊りを見たからか、この行為が何か神聖なもののようにも感じられてならなかった。踊りを奉納する彼らと同じく、自分たちの行為そのものを神に捧げている気分だ。

二人が愛し合っているという証しとして。

「ぁ……っ」

首筋に感じる向葵の唇に、全身が悦びに震えた。求められるまま唇を開き、脚を開き、躰を開いた。どんなことにも応じられる。

「ぁ……っく、……ぁあ……ぁ」

浴衣がはだけて肩が露わになると、やんわりと歯を立てられた。衣擦れの音、草を掻き分ける音、土の匂い、虫の声。すべてがこの行為のために存在している。

向葵の中心はすでに変化していた。吉乃のもまた、透明な滴を溢れさせている。こんなふうになるのは初めてかもしれない。握られ、震え、求めている。

「気持ちいいか？」

「ぁ……あ……ぁ！」

やんわりと擦られただけで、全身が焼かれたようだった。森で迷子になった時の向葵の手はあんなにも頼りなく小さかったのに、今は吉乃を思いのまま翻弄している。

「俺……、吉乃の、声……好きだ……」

「ぁ……っく」

「もっと……聞かせてくれ、ほら……吉乃も握れよ、……もう、こんなだ」

「ぁ……っ！」

自分のを握らされ、手を重ねられる。上からグッと力を籠められたかと思うと、先ほど向葵がしたように上下に擦られた。

「吉乃も……自分でするんだろ？」

「しな、……そんなこと」

「本当か？」

何度も小さく頷いた。自分ではしたことがなかった。なぜと聞かれても、わからない。

「じゃあ、俺と一緒にしよう」

指を絡め合い、向葵は敏感なところがどこなのか調べていった。額と額をつき合わせ、見つめ合いながら探る作業は、互いの中に深く潜っていく行為に似ていた。どれほど強く、互いを想っているのかを確かめている。

「んぁ、……はぁ……っ、……っく、……ぁ……あ……ぁ、……っく！」

「……なぁ、もっと……いいか？」

脚を大きく開かされ、他人に触れられたことのない蕾（つぼみ）に指を這わされる。

「ここで繋がるんだ。俺は……吉乃と繋がりたい」

それがどんなことかわからせるように、先走りで濡れた指先で嬲（なぶ）られた。

「ぁ……っ！」

「力抜いて、……違う、逆だ。……力を抜くんだよ」

撫で回し、襞（ひだ）を押し分け、ゆっくりと侵入してくる。けれどもどんなに言葉を尽くされようとも、躰が起こす反応をそう簡単には変えられなかった。

「苦し……、待……っ、……まっ……、向葵……、まだ……まだ、駄目……、……だめ」

まだ、だめ、と繰り返すが、向葵は取り合ってくれない。

「まだ？」

「まだ」

「本当に？」

「ほ、本当に」

「本当にまだ？」

うんうんと頷くが、その訴えもやんわりと握り潰される。

「本当に駄目？」

「駄目」

「駄目？」

「駄目、だって……、……ぁ……っく！」

「でも、全然駄目そうじゃない」

「ぁ……ん、……ぁん、……ぅ……ん、……ん……っふ、——ぁあ……っ」

指が蕾を掻き分けて入ってきた。先端から次々と溢れる透明な蜜は、中心を伝って滴り、そこを濡らした。ひとたび滑りがよくなると慎ましさを忘れ、自ら求めてはしたなく指に吸いつこうとする。

「大丈夫そうだ」

反論できなかった。あてがわれた瞬間、無意識に身を固くする。

「——ぁあっ！」

侵入してくる熱の塊は、想像以上の衝撃だった。ほんの先端が侵入しただけなのに、躰を引き裂かれるようで悲鳴にも似た声をあげる。しかし、それは悦びでもあった。躰に無理を強いられるほど、応える悦びが吉乃を満たす。

「吉乃……、欲しいんだ、……吉乃が欲しい」

「うん、……俺も……、……ぁ……っく」

「全部欲しい。頭のてっぺんから、つま先まで」

腰を進められ、脚を突っ張らせて熱をさらに奥へと受け入れた。目をきつく閉じ、ジワジワと押し入ってくる向葵を感じる。熱の塊は容赦なく吉乃を引き裂いた。

「ぁ、あ、あ、ぁあー……っ！」

声を押し殺すことなどできなかった。掠れた甘い声は、次々に溢れて草むらに零れ落ちてしまう。

「……あぁ、……はぁ、あ、……ぁ……、……はぁ……」

「痛いか？」

繋がったまま、耳元で囁かれてゾクリとする。向葵の甘い囁きに、躰が反応する。何気ない時にすら色香を感じるのに、こんな状況でそんな囁きを注がれたらどうにかなってしまいそうだ。普段とは違い、欲望に濡れると微かに掠れたような響きを伴うのもいけない。今だけしか聞けないそれは、向葵が欲望を向ける相手が自分だと思い知らされ、満たされた心は欲深く向葵を欲してしまう。

「痛い？」

もう一度聞かれ、かぶりを振って答えた。

自分の中で熱くそそり勃ったままでいる向葵の存在に、悦びで躰が震える。繋がってい

るのが信じられず、けれども確かに自分の中に向葵を感じた。

「動いていいか?」

「馬鹿、……っ、き、聞く、な……」

「いいんだな?」

ゆるりと腰を前後に動かされ、甘い痺れに躰の奥を貫かれる。とうに飽和状態を迎えた砂糖水のように、溶けきれずどろどろになったその中で、溺れかけている。それなのに、呆れるほどその味を堪能し、求めてしまうのだ。

「あぁ、……っく、……んぁあっ」

「吉乃……っ、俺、……どうにか、なりそうだ」

「向葵……っ、向葵っ、……やぁ……、は……ぁ……あっ、……んぁぁ……っ」

どんなに声をあげても、太鼓の音が掻き消してくれた。ただ揺り動かされるまま声を漏らす。境内の熱量はさらに増していき、目眩を起こすほどの音が二人を突きあげた。

どどん、どどん、どどどどどんっ、かんっ、かかんっ、どどどんっ、かんっ。

空気の振動に全身を包まれた。

「――はぁ……っ、……っく、吉乃の……中、……狭い」

「ぁ……っく、はぁ……っ、……ぅう……っく」

「狭くて……っ、熱い……っ」

「や……、ぁ……あ、……向葵……っ、……んぁぁ……っく！」

左の膝を肩に担がれ、より深く収められる。いずれ来る別れなど嘘だというように、心も躰もぴったりと重なり合った。

放したくない。ずっとこうしていたい。

次第に激しくなっていく腰つきは、吉乃の想いに応えているようでもある。

「ぁあっ、あっ、あっ、ぁあっ！」

境内の踊り手が替わっても、二人は求め続けた。

どどかん、どんかんっ、どどかん、どんかんっ、どどかん、どどどど……かんっ。

頭の中にまでその振動が入ってくる。理性を叩き壊す音だ。彼の欲望をただ受け入れればいいとばかりに、滅茶苦茶に破壊される。羞恥に身を焦がしながらも、暴走するのをとめられず、突きあげられるまま喉を開いて歓喜の声をあげた。

「あー……、あっ、はぁっ、あぁぁー……っ」

「中、出して……いいか？」

「出して、出してっ、ぁあ……ぁ……あっ、あっ、あっ、そこっ、そこ……っ」

「吉乃……っ、好きだ、……吉乃っ」

「向葵……っ、ぁあっ、あ、あ、や、あ、——ぁぁぁあああ……っ！」

躰の奥に、向葵の熱い迸りを感じた。それは紛れもなく生きている者の熱だった。放ってもなお軽い痙攣は収まらず、吉乃の奥を濡らし続けている。

「……ぁ……あ、……ぁ、……はぁ」

躰を弛緩させながら体重を乗せてくる向葵を受けとめた。合わさった胸板から、鼓動が伝わってくる。向葵のリズムは心地いい。

これほどの生命力を感じたことはなかった。

人でない者の気配がしていた。

サワ、サワ、サワ。

リィー……ン、リィィィ……ン。

神社の境内では腰藁を巻き、白い布で頭を覆い、白い面を被った者たちが踊っていた。装飾品も白と銀色で統一されている。腰藁が擦れる微かな音と鈴の音だけが存在を許されているというように、不思議と虫たちも鳴くのをやめていた。

最後を飾るのは、太鼓を激しく鳴らすものではなく、これまで注がれた熱を宥めるような静かな踊りだ。輪になり、音が鳴らないようやんわりと足踏みし、手をあげ、清らかな鈴の音で熱を冷ましていく。

同じ動きをする彼らが、人である証しはどこにもない。

「最後の踊りだ。奉納の踊りは毎年あれで終わるんだ」

激しかったぶん、静けさはより神聖さを増して二人の心に染み込んできた。乱れた浴衣を整え、抱き寄せられるまま身を委ねる吉乃は、境内にある松明の炎をぼんやりと瞳に映していることしかできない。

「平気か？」

「……うん」

「浴衣、汚れたな。ごめん」

「大丈夫だよ」

身を起こし、向葵に身を傾けて座った。まだ後ろに彼を受け入れているような違和感が残っている。それは激しかった祭りの残響のようで、いつまでも感じていたいと思う。

このまま向葵を感じていたい。

サワ、サワ、サワ。

リィー……ン、リィィィー……ィイン。

透きとおった鈴の音が、より深く響いてきた。なんていい音色なのだろう。

「好きだ、吉乃」

「俺も」

「愛してるって、こういうのを言うんだろうな。照れ臭くて言いづらいけど、吉乃を愛してるよ。愛してる。ずっとこうしていたい。このまま時間がとまればいいのにな」

ストレートな望みを口にされ、口元を緩めた。まっすぐに向けられる彼の想いが、自分が抱くそれと同じなのが嬉しい。

けれどもその言葉は、長くは一緒にいられない現実への反抗のようでもあった。これまで見てきた彼のすさまじい成長を、今度は衰えへと向かうベクトルで見なければならない。だが、それでもよかった。たとえこの先、彼が急速に若さを失っていくとしても、彼への気持ちは消えない。そう確信できる。

「なぁ、向葵」

「うん？」

「この先もずっと一緒にいられるよな？　生きてる限り」

「なんだよ、生きてる限りって。なんか物騒な言いかただな。当たり前だろ。俺は吉乃を放すつもりはないから。むしろ覚悟しろって言いたいくらいだ」

安心した。向葵がそう言ってくれるなら信じるまでだ。彼を愛した証しとして、最後まで見届けようと思う。

清めの音は、どこまでも響いていた。

サワ、サワ、サワ……。

リィー……ン、リィイイー……イイン、リイイイイー…………ンン……。

袋の中の金魚は、仲良く泳いでいた。

4

居酒屋に集まった面子(メンツ)は、どの顔も懐かしかった。

秋祭りを吉乃と過ごした向葵は、その余韻を抱えたまま海外へ買いつけに行き、三週間ほど滞在したあと日本に戻ってきた。東京に帰って一週間が過ぎている。

全員が高校時代の友人で、両親が離婚するまで同じ教室で学んでいた。女性三人、男性三人となると合コンのようだが、恋愛対象として意識したことのある相手はこの中には一人もいない。

「わ～ん、久し振り小野(おの)君。……じゃなくて、今は斉藤君か」

「昔の名前でいいよ。苗字が変わってすぐ引っ越ししたから、馴染まないだろ？」

「まーねー。小野君は小野君だもん。その点、男子はいいよね。みんなニックネームで呼び合ってるもん」

高校の頃からショートカットの川添(かわぞえ)は、今も当時とほとんど変わっていなかった。女であることを前面に出さず、男友達のように話せる。

「だけどさ、ひまわりはずっとイギリスにいると思ってたから戻ってきて嬉しいよ。日本で商売してるんだろ？　アンティーク家具を扱ってるんだっけ？」

「ああ。お袋の再婚相手がリペア職人なんだ。長いこと日本で商売するのが夢でさ、俺も便乗した。あっちで暮らしてるうちに古い家具の魅力もわかってさ」

「へ～、いいね。ってことは英語ペラペラ？」

「まぁ、普通に暮らせたからそれなりに」

気の合う仲間といても、心の一部を吉乃のところに置いてきたような気分だった。あれほど深く愛し合っても、まだ足りない。今すぐ会えると言われたらそうしたい。

むしろ吉乃を欲する心は、加速するばかりだ。

「どうかした？」

「いや……。ごめん。なんでもない。あ、飲みもの追加するか？」

彼女のグラスがほとんど空になっているのに気づいて、飲みもののメニューを渡した。ウーロン茶と言うので、店員を呼んで自分のも一緒に注文する。

「なぁ、ひまわりってさ、今つき合ってる女いるのか？」

「なんで？　なんでお前が聞くんだよ。もしかしたら俺に気があるのか？」

「いや～、やめてぇ～っ」

ふざけて躰をくねらせる友人に笑い、吉乃のことを脳裏に描く。

つき合っていると言っていいのだろうか。

秋祭りの日に抱いた人は、長い間ずっと恋い焦がれていた相手だ。気持ちが通じ合い、躰を重ね、言葉でも想いを確かめ合った。それなのに、捕まえられた気がしない。

今すぐにでも指の間からすり抜けてどこかへ消えてしまいそうな気がする。

「そういえば最近ニュースで行方不明になった子がいただろ？」

思いだしたように言う友人に、川添が大皿の料理に手を伸ばしながら答えた。

「ああ、あの子見つかったんだってね。工事現場のプレハブ小屋の中にずっといたって」

いるかとジェスチャーで聞かれ、自分の小皿を出す。鶏肉とジャガイモを揚げて和えたものは花椒（ホアジャオ）が利いていて、居酒屋メニューというより中華料理だ。

「そうそう。あれで思いだしたんだけどさ、ひまわりって昔神隠しに遭ったたって言ってなかったっけ？」

「ああ、あれ？　そういやそんなこともあったな」

「え〜、何それ聞きたい〜」

予想外に全員の興味が自分に向き、期待するなと宥める。

「大した話じゃないよ。俺もあんま覚えてないんだけど、行方不明になって、ひょっこり帰ってきたって。普通に遊んできたみたいに、ただいまーって」

あれは四歳の時だった。数時間いなくなっただけなのに神隠しなんて大袈裟に騒がれたのは、大昔にあの辺りに神社があり、禁足地だったたからだ。天災により神社の敷地一帯が土砂崩れに遭って現在のところに移転しているが、周囲の地形は大して複雑ではないのに時々道に迷う者がいるという。

「天狗(てんぐ)に会ったの？」

「え。なんで天狗？」

「神隠しっていったら天狗かなって。ただのイメージだけど」

「なんだよそれ。天狗に会ったら覚えてると思うから多分会ってない。本当にほとんど記憶にないんだ」

本当に神隠しに遭ったとは思っていないが、あの場所には何か不思議な力があると思っている。

これまで何度も吉乃に会いに行こうとしてきたが、屋敷にたどり着けないことも多かった。覚えているはずの道を進んでも、もとの道に戻る。おかしいと思って地図で調べたこともあった。わかったのは、あの辺りに別荘地などないということだけだ。

地図に載っておらず、必ずたどり着けるとは限らない場所。携帯も繋がらない。

実は一度だけ屋敷の電話にかけたことがあった。その時は自分たちが会っていることは内緒にしており、柊が出るからと言われてかけたことはなかったが、魔が差したように番号を押してしまった。柊が出たら声色を変えて間違いを装おう。そう決めてドキドキしながら待っていたが、聞こえてきたのは無機質な声だ。

この番号は現在、使われておりません。

「なんだ〜、ホラーな話好きだから聞きたかったのに」

「そういやお前、地球滅亡説とか好きだったもんな。結局滅亡しなかったけど」

別の友人に言われると、彼はここだけの話とばかりに声を抑えて身を乗り出して言う。

「実はさ、滅亡説って他にもあるんだよ。マヤ文明の暦がもとなんだけど」

懲りない様子に向葵は苦笑いした。

オカルト好きな友人には、自分の神隠しより吉乃の話が興味の対象になるだろう。だが、話す気にはなれなかった。

あの別荘地で吉乃は確かに生きている。柊という執事や料理上手な房枝という使用人もいる。他にも庭師が手入れをしているのを見たことがあるし、あそこで生活している人たちもいる。

だが、祖父母に聞いてもそんな場所はないと言われた。

自分はいったい誰を好きになったんだと、長年その疑問を抱き続けている。

中学の時——十三歳の夏に一緒に釣りをし、また来年と言って別れてから、結局あそこにたどり着けたのは十七歳になってからだ。その時に会ってから大人になって再会するまでにいたっては、八年の月日が流れている。

何年経っても若々しさを保った不思議な人。

「なぁ、ひまわり。何ぼんやりしてるんだ?」

「ん?　ああ、ごめん。ちょっと仕事のことでいろいろあってさ」

それから三十分ほどダラダラと飲み、お開きとなった。居酒屋の前で解散する。飲みすぎたのか、ずっと向葵の隣に座っていた川添が、足もとをふらつかせていた。

「大丈夫か?」

「うん、平気。でも……ちょっと酔ったかも」

「送ろうか?　俺タクシーだし、途中お前んち寄ってから自分とこ帰るよ。女の子を一人で帰すわけにはいかないだろ?」

「さすが海外生活が長いと女子に優しいな。ひまわり、送ってやれ～」

酔った女性を一人で帰らせる気にはなれず、友人たちにはやし立てられながら通りを流しているタクシーを拾って後部座席に乗り込む。もとクラスメイトの女の子と並んで座っても、頭の中に浮かぶのは吉乃のことだった。

謎を解き明かしたいが、暴けば泡のように消えてなくなりそうで怖かった。恩返しに来た鶴の機織りを覗いた若者のように、大事なものを失いそうで二の足を踏む。

明かしてはいけないことが、世の中にはある気がする。

「ごめんね、わざわざ送ってもらって」

「いいよ、気にするなって」

「あ、この辺りなの。えーっと、あ、あそこだ」

「すみません、運転手さん。停めてください」

彼女が部屋に入るまで見届けようと、自分も一緒に降りた。だが、彼女はなかなか建物の中に入ろうとしない。酔って歩けないのかと聞こうとして、ハッとする。向葵を見る目は、思ったよりしっかりしている。

「ねぇ、部屋。あがっていかない？」

一瞬、何を言われているのかピンとこなかった。

「でも、タクシー待たせることになるし」

「なんなら泊まってってもいいよ」

彼女の思いつめた表情に、自分の失態にようやく気づく。迂闊だった。彼女から向けられる好意に気づいていないわけではなかったが、誘われるとは思っていなかった。

「ごめん。そんなつもりじゃ。考えなしだよな。他の奴に送らせるべきだった」

「はっきり言うんだね。小野君って優しいけど残酷。わたし全然見込みないんだ？」

そうだと言ったら、もっと傷つけてしまうだろうか。

慰める言葉を探したが、無責任な優しさが間違いなことくらいわかる。結局傷つけるしかないのだと思い知るだけだった。

「小野君は、ずっと昔から心に誰かいるみたい」

吉乃の話は東京の友人にはしたことがないのに、はっきりと言い当てられてぐうの音も出なかった。

「高校の頃から好きだったの。転校するって決まった時は悲しかったし、高校を卒業したらすぐ海外に行くって知った時はもっとつらかった。だから、こっちに帰ってきたって聞いてすごく嬉しかったんだ。でも、いざ会ったら昔と同じだった」

「俺には好きな人がいる。ずっと想い続けてきた人。だからごめん」

「いいな、その人。小野君に想われて」

だけど、吉乃が何者なのかいまだにわからない。

自分は誰を好きになったのだろう。誰を抱いたのだろう。あやかしかもしれない。だが、それならそれでいい。

吉乃に会いたかった。

一ヶ月前に会ったばかりだが、もう会いたい。それなのに、携帯も繋がらないのだ。会いたい時に会えない。今ならタクシーを走らせれば、夜中には祖父母の家に着くだろう。大人になって自分で稼ぐようになり、そのくらいのことができるようになった。だが、金では解決できないこともある。

次にあの場所にたどり着けるのはいつだろう。

湖に映った月を掬い取ろうとしている気分だった。すぐそこにあるのに、手を伸ばすと水面が揺れて金色の光は指の間を器用にすり抜ける。手を引っ込めれば再び同じ姿が望めるが、近づいて手にしようとすると上手くいかない。

「本当にごめんな」

もう一度謝り、彼女を帰るよう促してからタクシーに乗り込む。

自室に戻るとバスルームに直行し、一日の汚れをザッと洗い流した。すっきりすると冷蔵庫からミネラルウォーターを出してベッドに座り、テレビをつける。

お笑い芸人が会場の観客の投票に応じて生き残りをかけるバトルタイプの番組が始まるところだった。欠かさず見るわけではないが、飲んで帰ってきた時になんとなくテレビをつけると、よく流れている。

その時、留守番電話にメッセージが残っているのに気づいた。再生すると、吉乃と行った呉服店からだった。今頃かけてきたのは、海外に仕事で行く前に留守電にするのを忘れていたからだろう。最後まで聞いた向葵は、その内容に首を傾げた。

もう一度再生したが、同じ反応しかできなかった。

週末。向葵は吉乃と買いものをした呉服店に来ていた。

レジ前で紙袋を手渡されて中を確認する。見覚えのある柄に眉根を寄せた。なぜ、どうして、とそんな疑問ばかりが頭の中を駆け巡っている。

「わざわざお越しいただきありがとうございます」

「いいえ、こっちに来る予定もあったんで」

留守電に入っていたメッセージは、購入したものを店に忘れていたという内容だった。翌日、折り返し電話をして受け取っていると言ったが、二着のうちのひとつだと返ってきた。他の客のものでないか確認するよう頼んだが、そのセットは最後のひとつだったため間違いないと言う。電話では埒が明かないと、直接店に来た。

「お買い上げいただいた商品にお間違いないでしょうか？」

「はい、間違いないんですけど」

言いかけて、何を聞こうとしているのだと自問した。頭の中にあることを言葉にすれば、どうかしていると思われるだろう。

「これって店に置きっぱなしになってたんですか？」

「はい。レジ前の床に置かれておりました。すぐに気づかずに申しわけありません」

「いえ、それは全然構わないんですけど。公園のベンチに置き忘れていたのがここに届けられたってことはないですか？　紙袋で店がわかりますし」

「え……？」

「あ、いや。店員さんに忘れものだと言って持ってきたんじゃなくて、黙って置いていった可能性……」

言いながら、店員の訝しげな日に質問を呑み込んだ。自分の考えも矛盾している。

「すみません、なんでもないです。取りに来るのが遅くなってご迷惑おかけしました。何度も電話いただいたんじゃないですか？　留守電にしないまま仕事で海外に行ってたもんですから」

「とんでもございません。無事にお渡しできてよかったです」

あの日、浴衣は別々の袋に入れてもらい、それぞれ手にして店を出た。間違いなく二人は自分が着ていく浴衣を持っていたはずだ。しかも祭りの当日、あの浴衣を身につけて吉乃は現れた。それなのに、なぜ同じものが店にあるのだろう。

「変なことを聞くようですけど、俺、店に来た時に誰かと一緒でしたっけ？」

一日に何人もの接客をする中、一ヶ月以上前のことを覚えているはずがない。そう思ったが、意外にも店員は向葵の様子を記憶していた。

「いえ。お一人だったと思います」

息を呑んだ。にこやかに向葵を見あげながら、店員はこうも続けた。

「すごく楽しそうに選んでいらしたので覚えております」

楽しそうに。

眉根を寄せ、自分に何が起きているのか考える。

二人で来たのに、なぜ吉乃は彼女の記憶に残っていないのだろう。いや、記憶に残っていないのではなく、吉乃を認識していないのかもしれない。

「俺、独りごとばっかり言ってなかったですか？　楽しい時とかよくやるんですよ。すみません、怪しい客で」

あはは、と照れ笑いを浮かべるとにこやかに返される。

「そういったかたもおられます。お買いものを楽しんでくださったのなら光栄です」

独りごとを否定しなかった。

やはり吉乃は認識されていない。見えていないのかもしれない。浴衣セットが持ち帰れていないとなると、夏祭りで買ったリンゴ飴は？　金魚は？

どちらも同じように置き去りにされているかもしれないが、確認しようがない。

「他に何かございますでしょうか？」

「あ、いえ。もう結構です」

頭を下げて店を出る。コインパーキングに停めていたレンタカーに乗って今度は祖父母のところへ向かった。吉乃のいる別荘地へ。

夕暮れの太陽が橙色(だいだいいろ)に染める街を走りながら、子供の頃を思いだす。あの時も似たようなことがあった。

あれは、向葵にとって思い出深い夏でもあった。

「どうしたんだ？　ひまわり」

友達の声に、清流に釣り糸を垂らしていた向葵は我に返った。木漏れ日が降り注ぐ川の水面では、光の粒が弾けている。

「なんでもない。全然釣れないなー」

中学にあがって最初の夏休みは、天下を取ったような時間だった。両親が共働きだったため父方の祖父母の家にいさせてもらうことにしたのだが、口うるさく勉強しろなどと言う者はいない。近所には帰省した時によく遊んでいる友達もいて、自由を満喫できる。

しかし、両親の間に小さな亀裂があるのに気づきはじめていた時期でもあり、それを打ち消すために友達とふざけ合い、おおはしゃぎした。一日遊んで躰が疲れると、夜布団の中であれこれ考えずに済む。

「捕まえたーっ、大漁大漁！」

釣りに飽きた向葵は、網を手に友達を追いかけた。ぎゃはーっ、と笑い、岩場で逆立ちをしてわざと危険に身をさらす。ここから落ちて大怪我をしたら、両親は二人揃って自分を迎えに来るだろうか。息子の一大事をきっかけに、亀裂を修復できるだろうか。

馬鹿な考えは実行に移す勇気がなく、これからどうなるのだろうという不安が積み重なっていくだけだ。

その時、視線を感じた。振り返ると、茂みの向こうに人影がある。

「なんかいる。俺のずっと後ろ。あの木の陰からこっち見てる。こっそり見てみろよ」

「なんもいないぜ？　なぁ？」

「うん、別に誰もいない。それより、もっと奥行こうぜ？」

もう一度後ろを見ると、やはりいた。髪の長い人影。友達二人には見えていないのなら、幽霊かもしれない。いや、あやかしかも。

「なんだよ。気持ち悪いこと言うな」

「そんなんじゃないよ。ごめん、やっぱいなかった」

再びふざけて遊ぶが、それでも後ろが気になる。祖父が神主だからか、昔から勘は鋭いと言われていた。人魂を見たこともある。しばらくするといなくなっていたが、気のせいだったとは思えない。

そこで翌日、向葵は正体を探ろうとキャンプ用品を持ち出して一人で山に入った。釣りをしていればまた来ると思ったが、一時間経ってもその気配はなく、いったんやめて周辺を探った。そして、別荘地にたどり着く。

「へー、こんなところに家とかあるんだ。お、デカい屋敷」

立派な日本家屋があり、敷地を囲んでいる白壁に沿って歩いた。飛びあがり、中を覗こうとするが身長が足りない。しかし、二階は丸見えで窓の向こうに人影を見つけた。

「あ、いた！」

窓辺でつまらなそうに外を眺めているのは、昨日茂みの間から覗いていた人だ。間違いない。見つけられた喜びに心が躍ったが、穴の開いた風船がしぼむようにそれはすぐに収まる。

独りぼっちだと感じた。自分と同じだと。

目が離せず、しばらく見ていた。朝っぱらからうるさく鳴く蟬の声を聞いていると、瓶詰めにされているようだった。どこにも逃げられないところに、その声とともに閉じ込められている気分だ。空には生クリームのような入道雲が浮かんでいるだけで、時間がとまっているみたいだ。

どのくらい見ていただろう。ジジッ、とすぐ傍で蟬が鳴き、我に返った。あの人と話してみたい。そんな気持ちになり、どうしたらいいか考え、いったん釣りをしていた場所まで戻った。朝釣ったばかりのヤマメを串に刺して火をつける。

できるだけ目立つよう釣り竿を持って屋敷に行くと、窓辺にはまだその姿があった。安堵し、塀をよじ登る。躰半分が塀の上に出たところで気づかれた。やった、と思いながらわざと慌てたふうを装って塀から飛び降りる。

「いってーっ！」

声を張りあげ、もと来た道を逃げた。さっき火をつけたヤマメはいい具合に焼きあがっていて、香ばしい匂いを漂わせている。こちらもいいタイミングだ。

釣りをしているふりをして待っていると、背後でガサッと音がする。

「お、来た！」

遠目で見た時は女の人かと思ったが、違った。歳は自分よりずっと上だとわかる。けれども学校の先生や近所にいる大人の男性とも違った。腰辺りまでの長い髪に木漏れ日が差し、天女の羽衣のようだ。

心を奪われるという言葉の意味を、初めて実感した瞬間でもある。

「何してるんだ？」

「釣った魚で人間を釣った」

努めて冷静に言った。だが、自分の思惑どおりに運んだのが嬉しくてならない。

それはイタズラが成功した時の喜びではなく、たとえば誰も知らない秘密の扉を見つけた時の気持ちに似ている。しかも、昨日の覗き見を指摘すると、向葵を「ひまわり」と呼んでそれを認めた。気に入っている呼び名を、覚えていたのだ。

そのやり取りにわくわくして、それを隠すためにわざと「なんだただの人か」なんて、心にもなく期待外れだったと主張してみせる。

ちょうどよく焼けたヤマメを見て、串を摑んで火からおろした。そして、それを男女や年齢を超えて自分を魅了する素敵な人に差し出す。子供の向葵には、それが今できるせいいっぱいのことだった。

鳥が餌を渡して求愛するように。懸命に。

受け取ろうと手を伸ばす彼の行動に、心臓が破裂しそうになっている。

多分、初恋だった。

すっかり日が暮れた山を歩くのは、思った以上に体力を消耗する。防寒着に身を包んでいるが、露出した鼻先が冷たくて感覚がない。

呉服店を出た向葵が懐中電灯を手に山に入って、どのくらいが経っただろう。本来ならたどり着いているはずなのに、目的の場所は見えてこない。

「はぁ、はぁ、はぁ」

歩いても歩いても、同じ道に出るだけだった。なぜ迷うのだろう。なぜ、吉乃のいる別荘地に行けないのだろう。会いたいのに。

「――吉乃っ！」

左手の下方に、吉乃と釣りをした川が流れていた。昼間に見るとあんなにキラキラしているのに、今は艶やかに光る鱗を持つ黒い大蛇が、疲れた遭難者を呑み込もうと待ち構えているようだ。ゴクリと喉を鳴らし、再び足を前に進めた。

吉乃は誰なんだ。

いや、誰でもいい。誰でもいいから、吉乃と会いたい。今日会えなかったら永遠にたどり着けなくなりそうで、まるで何かに追い立てられるように足を前へ前へと運んだ。

これほど失いたくないと思った相手がいただろうか。

独りぼっちで寂しそうな人。何度も会いに行こうとして会えなかった人。釣りをした時に交わした『次の夏休み』という約束を守れず、結局再会できたのは高校生になってからだ。四年ぶりに会う吉乃は川遊びをした時からまったく変わらず、他の大人と違って対等な目線で接してくれた。

純度の高い驚きや喜びを持った吉乃は、急速に夫婦仲が悪くなる両親に大人のずるさを知ったばかりの向葵にとって、何ものにも代えがたい安息だった。失いたくないという思いが強すぎて、高校を卒業したら海外に行くことを伝えられないままだったのが今も心残りだ。「次に会う時、俺は今よりずっと大人になってるかも」だなんて、曖昧な言いかたをするのがやっとだった。

向葵は立ちどまると、すぅと息を大きく吸い、ゆっくりと吐いた。

目の前には、見覚えのある茂みがあった。ここを抜ければ、吉乃の屋敷に繋がる道に出るはずだ。

自分に言い聞かせ、茂みを掻き分けて足を進める。だが、先ほどと同じ道だった。

「またかよ」

力なく笑い、諦めるものかと初めからやり直す。

上を見ると、木々が伸ばす枝の間に夜空が見えた。またたく星からは、吉乃の屋敷が見えるだろうか。見えるのなら、どうか教えてほしい。導いてほしい。

そう願い、足を前に進めながら太鼓の音の中で抱いた祭りの夜を思いだす。

二十五になってそれなりに女性と経験したが、同性への欲望の扱いかたをよく知らない向葵は理性を駆使して一方的な行為にならないよう努力した。それが変わらずにいてくれた吉乃へ差し出した、ありったけの誠意だった。

自分の愛撫に反応する吉乃のみずみずしい肢体は、鮮明に覚えている。それは、山の奥にひっそり流れる川でヤマメを捕まえた時の感覚、祭りで金魚を掬った時の感覚に似ていた。

釣りあげたヤマメのビクビクと爆ぜる様子が竿を伝ってくるように、濡れたポイの上の金魚がびくつくのが指先に伝わってくるように、吉乃の躍動を感じた。吉乃もあんなふうに震えながら絶頂を迎えた。その姿にどれほど興奮したことか。

美しいものを手に入れた喜びと、ほんの少しの罪悪感。そして、放したくないという独占欲。魚が人間の体温で火傷するのと同じで、大事に扱わないとすぐに傷ついてしまう。そんなふうに思わされた。

またさっきの場所まで来た。今度こそ、別荘地に続く道に出るはずだと自分に言い聞かせ、ガサッ、と音を立てて茂みを掻き分けた。だが、出てきたのはもとの道だった。やはり、たどり着けない。

「――なんでだよっ！」

悔しくて、悲しくて、闇に声を響かせることしかできない。どんなに叫んでも、きっと吉乃には届かないだろう。

会いたい。吉乃に会いたい。あの場所から連れ出したい。けれども、何時間歩こうが同じだった。これ以上歩いても無駄だと思った向葵は、その日は諦めて疲れた躰を引き摺るように山を下りた。そして、祖父母の家に立ち寄る。

音を立てないよう玄関を潜り、そっと靴を脱いで中に入った。

「向葵ね？」

「あ、祖母ちゃん。ごめん、起こした？　寝てていいって言ったのに」

「年寄りは暇やけん、孫の夜更かしぐらいつき合うよ」

昔から変わらぬ優しさに、笑みが零れる。吉乃とはまた別の安らぎを、祖母はいつも与えてくれた。

「向葵、お腹すいとらんね？　そんなに冷えてから」

「飯は喰った。あんまり食欲ないし」

「あったかいもんでも食べなっせ。お吸いものだけでも躰が温まるよ」

「うん、じゃあ貰う。祖父ちゃんも好きだったよな」

祖父は三年前に他界した。今は祖母が一人暮らしをしていて、時々向葵が様子を見に来ている。この近くに倉庫を借りられたのはよかった。土地が安く、駐車場も広く取れる。

両親の離婚以降、実の父とはあまり交流はなかったが、祖父母のことに関しては気兼ねなく連絡を取り合えるのが、思いがけずいい結果となった。

「泊まっていけばええ。馬鹿息子は離婚したけんど、向葵がわしらの孫なのはずぅ〜っと変わらんけんの。はい、お吸いもの。餅も入れたけん食べんね」

「ありがとう」

お吸いものには柚の皮が入っていて、香りがよかった。茹でた餅が柔らかく、ほっとする。かつお菜の歯応えにも食欲を刺激された。

「まだ正月まで少しあるのに、もう雑煮？」

「ぽっぽしゃんの入った雑煮、向葵が好きやったけんねぇ」

鶏肉をいまだに『ぽっぽしゃん』と言う祖母にとって、向葵は今も小さな孫なのだろう。

餅が美味しくて、結局おかわりした。躰が温まると、少し気持ちが前向きになる。

「ごちそうさま、祖母ちゃん。あ、座ってて。自分で洗うから」

「そんならお茶でも淹れようかねぇ」

洗いものをする向葵の横で、祖母が大きな手で茶筒の蓋を開けた。緑茶のいい香りが広がる。ちゃぶ台に移動し、ストーブにかけていたヤカンからお湯を注いだ。

出された湯飲みには、茶柱が立っている。

「山歩きしてきたんやろ？　なしてこんな時間まで」

上手く説明できないことを聞かれ、曖昧に笑った。すると、思いのほかドキリとすることを言われる。

「あんた、あそこに魅入られとる。死んだ祖父ちゃんがそう言いよったよ」

「祖父ちゃんが？」

「神主やったから、この土地にまつわるいろんなことを知っとったんよ。もう十二月やからねぇ。帰ってきた祖父ちゃんがまた心配する」

「先祖の霊って大晦日にも帰ってくるんだっけ」

お盆に先祖の霊が帰ってくるのはよく知られているが、一年の最後、十二月のつごもりの日にも戻ると言われている。お盆は仏教行事と思われがちだが、先祖祀りという行事がもとで、この地域では大晦日の日にも先祖を迎える習慣が残っている。特にこの辺りは、お盆よりむしろ大晦日のほうが大きな行事になっていた。

「そういや、神隠しに遭ったたって最初に言ったの祖父ちゃんだっけ？　俺あんまり覚えてないんだ」

その話をすると、祖母は懐かしそうに目を細めた。

「小さかったけんねぇ、忘れるのも当然かもしれんねぇ。大騒ぎになって、近所の人もみんな山に入って捜索したんよ」

「でも数時間だろ？　いくら四歳でも大袈裟じゃない？」

「ほら、あそこは特別なところやから」

祖母曰く、あの辺りは大昔禁足地にもなっていて、大人でもよく道に迷って出てこられなくなるという。一晩中同じ道をぐるぐる回ることも。

そんな場所だからこそ、地元の人間は子供たちに山には入るなと口を酸っぱくして言ってきた。

「近所の人総出で捜してても見つからんかったのに、ただいまーって普通に帰ってきた。まるでちょっと帰りが遅くなっただけみたいに」

「祖母ちゃん。その時、俺なんか言ってた？」

痛む膝を気にしているのに気づいて、跪いて祖母の代わりにさすってやる。子供の頃はよくおんぶもしてもらったが、小さくなったのを見て時の流れを感じた。

「綺麗なお兄ちゃんと遊んでもらったって言っとったねぇ。一緒にお歌も歌ったって。覚えとらんね？」

あの時のことは、あまり触れないようにしてきた。両親の仲が最初にこじれたのが、あの事件がきっかけだったと聞いたからだ。

向葵の行方がわからなくなって連絡した時、父親の浮気が発覚した。仕事だと言って帰省日をずらした彼は女のところにいた。一度は修復したようだが、母親はあの時のことが忘れられなかったに違いない。向葵が中学にあがる頃、二人の間には小さいながらも決して修復できない亀裂ができていた。

自分がいなくならなければ両親の仲は壊れなかったという罪悪感が、どこかにあったのかもしれない。

「あのさ、綺麗なお兄ちゃんってどんな人か言ってた？」

「どうやったかねぇ。髪が長くて……山の精霊とか、そんな感じの人だって。あ、そうそう。自分をユウって呼ぶとも言いよったねぇ」

心臓が跳ねた。

ユウ。

どこか懐かしい響きだった。自分をユウと呼ぶ人はいない。向葵かひまわりだ。それなのに、耳にしっくり馴染んでくる。

「なんでユウ？」

「さぁねぇ。ただ、それからしばらくは自分をユウって呼べって聞かんでねぇ。おかしなことを言うもんやから、本当に神隠しに遭って新しい名前でも貰ったんやないかってみんなで話したんよ」

ずず、と茶を啜る祖母を見たあと、湯飲みの茶柱に視線を落とす。ヤマメ釣りの浮きのように、それはバランスを保って浮かんでいた。

あれが本当に吉乃との最初の出会いなのだろうか。

自問し、記憶を掘り起こそうと試みる。もうこれ以上スコップが入らない硬い土の前に立っているのと同じだった。力任せに腕を振り下ろしても、ガツンと弾かれてしまう。だが、その中にまだ何かあるのは間違いない。

「あ、そうそう。お兄ちゃんのおうちに行った話もしよったとよ。あんなところに家なんかなかとに」

ガツン、とまたスコップが弾かれた。

「それで？」

「ナポリタンを食べたって。そんなハイカラなものが山の中にあるのも変な話やろうが。そのくせ腹ぺこやったもんやから、余計みんなで首を傾げたとよ」

甘いケチャップのナポリタン。

ゴッ、と音を立てて土がスコップを呑み込む。

そうだ。誰かと食べた。記憶ははっきりせず輪郭がぼんやりとしか浮かんでこないが、確かに食べた。そのあと、芝生で覆われた場所でキャッチボールをした。

一度亀裂が入ると、土はボロボロと崩れて中に隠されていたものが露わになる。

「そういえば俺、誰かに送ってもらった。手ぇ繋いで山を下りた」

山のふもとで友達とはぐれて道に迷って泣いていた時、声をかけてきた人がいた。自分を見下ろす人の顔はよく覚えていないが、冷たそうな、どこか突き放したような印象がある人だ。決して優しく声をかけられたわけではない。位の高い人を前にしたようで、怒られるとすら思ったのを覚えている。

その時、伸ばされた手を摑んだ安心感が蘇ってきた。ひんやりして柔らかだった手の感触も。冷たいもの言いは慣れると対等な関係のようで、すぐに懐いた。本当は優しいのもすぐにわかった。

そうだ。あれは吉乃だ。

「この土地を護っとる神様かもしれんねぇ。神社はもともと山の中腹にあったけんね。生き埋めにされて神様になった人がおるんよ」

「生き埋め?」

聞くと、この土地にまつわる言い伝えがあるという。

あの時出会った人が吉乃なら、向葵が四歳の頃からあの姿のままということになる。見た目が若いなんて言葉では説明がつかない。

「祖母ちゃん。教えてくれてありがとう」

心臓が跳ねていた。真相を確かめるのが怖くて曖昧にしていたが、はっきりさせなければと思った。

いつかあの場所に行けなくなる前に――。


祖母に生贄の話を聞いた翌週。向葵はこの土地にまつわる伝承を調べるために神社を訪問した。境内は掃除が行き届いており、人気はない。秋祭りの時は太鼓の音で満たされ、踊りの熱気に溢れていた場所は、今はただ落ち着き払っている。

裏山のほうからギィィー……ッ、と鳥の声が聞こえてきた。

吉乃と繋がった時のことを思いだす。ここを見下ろせる場所で、抱いた。幸せな気持ちが蘇るとともに、罰当たりなことをしたという後ろめたさもある。

「すみません。お電話した斉藤ですけど」

事務所のチャイムを鳴らすと、宮司が姿を現した。先に事情を説明していたため、すぐに中に通されてお茶を出される。準備をしてくれていたらしく、テーブルの上にいくつもの資料が積みあげられていた。達磨ストーブにかけられたヤカンの口から、白い湯気が出ている。

「お忙しい中、時間を割いていただいてありがとうございます」

「構いませんよ。こういったことも大事な仕事のひとつです。しかし、授業で郷土の歴史を調べているお子さんや民俗学なんかを専攻されてる先生が資料を見に来られることはあるんですけど、一般の方ではめずらしいですね」

「祖父がここの神主をしていたこともあって」

「はい、伺っております」

小さな神社は今でも世襲制を採っているところが多いが、向葵の父や叔父たちは神主にならず、他の神社から派遣された宮司が兼務していると聞いている。

「嬉しいですよ。知っていただくために資料を保管しているわけですから。では、わたしがいるとお邪魔でしょうから隣の部屋におります。何かあれば声をかけてください」

「はい。ありがとうございます」

神社に保存されているのは、郷土の歴史をまとめたものだった。手始めに一番上の本に手を伸ばす。

祖母の言うとおり、あの土地に生き埋めにされて神様になった人の伝承は存在した。だが、単に厄災を鎮めるために犠牲になったわけではなく、いなくなった神様の身代わりだったことがわかった。

もといた神様がこの土地を去ったのは、世が混乱していた時代に神器が何者かに盗まれたからだ。それまでは大きな災害に遭わずに済んでいたのに、その事件を境に不作となり、田畑は荒れ、水害が起こって多くの命が奪われた。神社も流された。

そこで、神様の身代わりとして神社のあった場所に生贄を捧げることにした。

選ばれたのは村の畑から野菜をよく盗んでいた青年で、神器を盗んだのもその青年に違いないとみなされ、それまで悪事を働いてきた代わりに犠牲になることを強いられた。新しい神となった彼の身の回りの世話をするため、また、退屈して逃げださないために百を超えるヒトガタが一緒に埋められたという。

彼が生き埋めにされてからは、災いはピタリと収まった。

この土地で行われている秋祭りは、犠牲となった彼を慰めるためのものらしい。なるほど、本やゲームなどを奉納する習慣があるのも理解できた。俗物的だと思っていたが、もとは人間だったからだ。辻褄が合う。

気がつくと、日が随分と傾いていた。何時間こうしていただろう。

ふいにドアの外で物音がして、宮司が入ってきた。あまりに静かだから心配になって様子を見に来たらしい。

「すみません、ついのめり込んでしまって」

「いいえ。郷土に関心を持つのはいいことです。お茶のおかわりはいかがですか？」

「ありがとうございます」

茶菓子まで出され、恐縮して背中を丸めてしまう。

「あの……こういう伝承って、どんなふうに生まれるものなんですか？」

「過去にこの辺りが大災害に見舞われたのは事実です。伝承は人の口を借りて伝わるものなので、実際に生贄を捧げる儀式が行われていた可能性もありますね。昔は人柱のようなことも行ってきたわけですから」

たどり着けない場所は、そのことと関係があるのだろうか。

「神様の身代わりとしてこの土地を守ってる人は、ずっとあの土地に縛られたままなんですか？」

「さぁ、どうでしょう。祭りや捧げものをやめてしまったら、機嫌を損ねてどこかへ行ってしまうかもしれませんね」

「役割から解放させてやれないんでしょうか？」

「なぜそんなことを？」

怪訝（けげん）そうな顔をされ、自分が突拍子もないことを考えていると気づく。

吉乃が、その生贄だとしたら――。

他人に話せば馬鹿馬鹿しいと言われるだろう。けれども自分の経験や目の当たりにしてきたことを踏まえると、そう考えるのが自然に思えてくる。

何もおかしなことではないのだと。

「盗みを働いたからといって、ずっと神様の代わりをさせられてるなんて気の毒で」

「確かにおっしゃるとおりかもしれませんね。去るのは簡単です。自分の意思でどこにでも行けるのですから。そうならないための祭りや捧げものなんですよ」

「じゃあ、神様の身代わりをやめようと思ったらいつでもやめられるんですか？」

「おそらくそうでしょう。図書館にも資料があったはずです。貸し出しはしていないはずですが、閲覧は可能ですから見に行かれては？」

「はい、そうします」

窓の外には寒々とした景色が広がっていた。鈍色（にびいろ）の空は、先ほどよりずっと地面に近づいている。チラチラと白いものが舞っているのに気づいた。

「ああ、雪ですね。今年は随分と早い」

宮司のゆったりとした口調に、時間を忘れて外を眺めた。

粉のような雪だが、気温が低いからか地面に落ちてもすぐに溶けない。風に吹かれ、地面の上をさざ波のように転がっていく。

「これは積もりますなぁ」

吉乃のいる場所にも、雪は降っているだろうか。

最後に見たのは浴衣を着た姿だったが、吉乃には雪景色も似合う気がした。想像の世界で、一面に広がる銀世界に立たせてみる。艶やかで長い髪はきっと冷たいだろう。

「綺麗だな」

思わず零すと、宮司は景色のことだと思ったようで「そうですね」と静かに返してきた。

我に返り、恥ずかしく思いながら「はい」と頷く。

このまま降れば、今夜は積もるだろう。

会えないなら、せめて同じ景色を見ていたかった。


静けさが侵食してくる。

屋敷の庭は一面の白で覆われていた。雪が音を吸い取ってしまったかのように、凛(りん)とした静寂に包まれている。鳥の囀りも聞こえない。せせらぎをも凍らせる寒さは、その衣の中に世界を閉じ込めた。

吉乃は庭の様子を部屋から眺めていた。最後に向葵に会ったのは秋祭りの日で、それからすぐに海外に買いつけに行ってしまった。

次に彼に会えるのはいつだろう。

そう思いながら過ごす日々は、一日が長く感じられた。紅葉していた山のもみじが葉を落とし、庭の木々も骨だけになっている。

これからしばらく続く厳しさに備えるように。

「次はいつ向葵に会えるんだろうな。どんな姿になってるんだろ」

金魚鉢では、祭りの屋台で獲った赤と黒が仲良く泳いでいた。

外の空気はキンと冷えているが、窓を閉めきった部屋は暖かく、金魚たちは自然の厳しさを知らないままでいる。丸い金魚鉢は窓から降り注ぐ太陽の光を受け、ぼんやりとした柔らかな色に包まれていた。

秋祭りの想い出とともに、この金魚は吉乃の心に安らぎをもたらしてくれる。

「いいなぁ、お前らはいつも一緒にいられて」

自分たちの姿を重ね、口元を緩めた。しばらく金魚を眺めていたが、その視線はいつの間にか避けようのない自分たちの未来へと向けられていた。

置いていかないでほしい。先に行かないでほしい。同じ時間を生きられるのなら、彼と同じ病にかかってもいいとすら思っていた。自分の時間が失われるのだとしても、一人取り残されるよりずっとマシだ。

その思いは日に日に強くなっていく。

足跡ひとつついていない庭を眺めていると、何時間でもそうしていられた。動きのない景色を見ていると睡魔が下りてきて、ゆっくりと夢の中にいざなわれる。

夢の中にも金魚はいた。だが、元気な姿ではなかった。出目金の躰に白いものが付着している。それが少しずつ広がっていき、弱っていくのだ。

ああ、どうしよう。

躰を蝕まれている金魚は、向葵の姿と重なった。彼の病も徐々に進行しているのかもしれない。

ねぇ、向葵。金魚が死ぬ。どうしたらいい？　金魚が死んじゃうよ。

夢の中で吉乃は、小さな命を救うために駆けずり回った。けれども状態はいっこうによくならない。こんなふうに失うのだと、目の当たりにさせられているのと同じだった。いずれ来る時を暗示するできごとに吉乃の心は引き裂かれそうだった。

そしてとうとう、死が金魚を連れていく。

あれだけ仲良く泳いでいたのに。赤い金魚が一匹だけになったガラスに包まれた世界は、ただただ孤独で寂しかった。

どうして。あんなに大事にしていたのに、どうして。

「――どうして……っ！」

自分の声に目を覚ますと、窓辺でうたた寝していたことに気づいた。窓から降り注ぐ光が視界を白く染め、眩しいくらいだ。穏やかさで満たされた空気の中で、自分の心臓だけが違う動きをしている。

慌てて金魚鉢を覗き、胸を撫で下ろした。夢は夢でしかなかった。

「よかった」

元気に泳ぐ二匹の姿は、希望だった。向葵が病気を克服し、同じ時間を過ごせるようになるという光みたいなものだ。

その時、自分を呼ぶ声に気づいた。窓から見ると、一面の雪に覆われた中にダウンジャケットを着た向葵が立っている。動くもののない銀世界で、手を振る彼だけがはっきりと生きていた。

「向葵っ！」

「吉乃ぉ～っ！」

「今行く！」

急いで階段を下りていく。危うく房枝とぶつかりそうになり、ふくよかな躰が階段から転げ落ちないよう支えた。

「ごめん、房枝」

「坊ちゃま。そろそろおやつの時間ですよ」

「すぐに戻るよ」

屋敷を飛び出し、門の傍に立つ向葵に駆け寄った。すると、いきなり抱き締められる。

「やっと……着いた。やっと吉乃に会えた」

秋祭りからそう時間は経っていないのに、長い間会っていなかった恋人との再会を喜んでいるようだった。苦しい、と訴えると苦笑いしながら躰を離す。

疲れ果てた様子の向葵を見て、ここに来る道がどれほど険しかったのか気づいた。登山靴が随分汚れている。これほどの雪だ。天気のいい日の山歩きとは違うだろう。思えばこんな真冬にここに現れたことはなかった。

すぐに屋敷に入るよう言い、雪で濡れた靴を乾かすよう柊に頼む。

「ごめん、吉乃に会いたくてさ」

「俺もだよ」

冷えたつま先を温めるために、柊が湯を張った洗面器と蒸したタオルを持ってきてくれた。ダウンジャケットを脱いでソファーに座り、片足ずつタオルで包む。

「あー、気持ちいい」

タオルが冷えると湯につけ、何度か繰り返した。

目を伏せた向葵の、えら骨のまっすぐなラインに浮かんだ剃り残しの髭が目につく。喉仏はゴツゴツしているのに、その動きはなめらかだ。顔に滲む疲労の色が向葵を無防備にし、男の色香を惜しみなく見る者にさらしている。

この前会ったばかりだというのに、さらに男ぶりが増していた。向葵が自分よりずっと速く歳を取っている事実を突きつけられた気がする。言葉で説明されるより、急激な変化を実際に目の当たりにしたほうが納得させられる。

そんなに急がないでほしい。もっとゆっくり過ぎてほしい。

彼の成長を見るにつけそう願うが、どうにもならないことを口にしたところで向葵を苦しめるだけだと、その思いは自分の中にしまっておく。

「買いつけはどうだった？　上手くいった？」

「え？　ああ、そうだったな。うん、上々だったよ。こっちに借りた倉庫なんだけどさ、店舗としても利用できるように一部改装したんだ。小さいけど事務所も置いて、寝泊まりできるようにしてある」

「すごいな。もうそんなことまではじめたんだ？」

新しく倉庫を借りたと聞いたのは、秋祭りの前だ。生き急ぐように次々と新しいことに着手している向葵に、残された時間が少ないのだと言われているようだった。

「なぁ、吉乃」

「何？」

「金魚、元気か？」

「元気だよ。それよりちょっと声がおかしいぞ。風邪でもひいた？」

向葵は曖昧な返事をし、窓辺の金魚鉢に近づいてその中をじっと見つめた。そこに金魚がいるのが不思議といった真剣な視線だ。

「金魚がどうかしたのか？」

「あ、いや。ちゃんと生きてるなって思ってさ。夜店の金魚って長生きしないから」

喉を押さえて咳せき込んだあと、今度は秋祭りに着ていった浴衣を見たいと言った。チェストの中にしまっていたそれを出して広げる。

「向葵に買ってもらった浴衣だから大事にしてるよ。次の秋祭りも着ていくから、向葵もまた浴衣で来いよ」

さりげなく、次の祭りの約束を一方的にした。

きっとまだ大丈夫。次の秋祭りもきっと一緒に行ける。

そう伝えたかった。いや、自分に言い聞かせたかったのかもしれない。向葵との時間はまだ十分残されているという呪文みたいなものだ。

その時、向葵の躰がぐらりと前に倒れた。咄嗟に支え、躰の異変に気づく。

「熱がある」

さっきはダウンジャケットを着ていたからわからなかったが、明らかに躰が熱い。呼吸も随分と苦しそうだ。なぜすぐに気づいてやれなかったんだと、急いでベッドに連れていった。

「ほら、ここに寝て」

「大丈夫、だ。こうしてると……楽、だから」

ますます声が掠れてきた。いつもは艶やかに伸びる声には雑音が混じり、見えない壁に阻まれたように途切れてしまう。どこまでも響く美声が失われただけで、向葵の命まで脅かされている気がした。

「無理してここまで来たのか?」

「違うよ。会いたかったから……来たんだ」

雪で山道がどんな状態になっているのか考えたら、呑気に向葵が来たことを喜んでいたのが恥ずかしくなる。自分は待っているだけだからいい。でも、会いに来るほうはそうはいかない。

急いで柊を呼んでくると言うと、手を摑まれた。

「俺が、会いたかったから来たんだ。だから、そんな顔するな」

上手く出せない声でなんとかそれだけを伝えようとする向葵を見て、手放したくないと思った。とうに別れを覚悟していたのに、だだをこねる子供のように感情がそれを拒否する。死が自分から彼を奪う日が来るなんて、耐えられない。

まだ連れていかないでほしい。ずっと連れていかないでほしい。それができないなら、せめて自分の命をわけてあげたい。

「うん、わかったから寝てて。薬とか何か楽になるもの持ってくる。すぐ戻ってくるから待ってて」

もう一度ベッドに押し込み、布団を被せて熱が逃げないよう首回りを押さえた。看病に必要なものすらわからず、急いで柊に助けを求める。

ほんのわずかな時間離れるだけでもつらくて、鼻の奥がツンとなった。

向葵の熱はあっという間にあがった。意識ははっきりしているが、呼吸がつらそうだ。病院に連れていくべきか迷ったが、なぜか頑なにそれを拒否する。

柊が房枝に頼んで温かいスープを用意してくれたおかげで咳(せき)は落ち着いたものの、声は依然伸びやかさを失ったままだ。

「ごめん、吉乃。久し振りに……会えたのに」

「そんなことといいよ。それより寒くないか？　本当に病院に行かなくていいのか？」

「ああ、帰りたくないんだ。ここに、いていいか？　今帰ったら、次にいつ会えるか……わからない」

「そんな大袈裟な。いつだって会える。俺はずっとこの屋敷にいるんだから」

そう言うと、向葵はなぜか悲しそうな顔をした。

いつもは無理を言わない向葵が、なぜ今日はこんなにも自分の意思を押しとおそうとするのか。普段なら、風邪をうつすといけないと言って早々に帰っただろうに。

それだけ弱っている気がして、夢の続きを見せられているようだった。独りぼっちになった金魚は、残される自分の未来そのものだ。

「頼むから、ここにいさせてくれ」

「わかった。わかったよ。熱がさがるまでここにいていいから」

腕を摑む向葵の力は病人とは思えないほど強く、水を取ってきたり水枕を替えたりするたびに行くなと訴えてくる。その都度すぐに戻ると言うが、再び吉乃が傍に行くと手を繋ぎたがった。

そうしていないと吉乃が消えると思い込んでいるように。

向葵が目を覚まして自分を呼んだ時にすぐに応えてやりたくて、一人がけのソファーを運んでずっと傍にいた。柊も今日ばかりは、躰に障るから寝ろなんて言わなかった。

月が顔を出し、深夜になり、雪で覆われた世界はますます音をなくしていった。風もなく、生きものも皆どこかへ行ってしまったようだ。そのせいで、向葵の呼吸がよりはっきりと聞こえてくる。血の流れる音まで伝わってきそうだ。瞼（まぶた）を開く音すら捉えた気がして顔をあげると、偶然なのか、向葵が目を覚ましたところだった。

「まだ寒いのか？」

「少し」

「柊に言って湯たんぽとか……」

強く手首を摑まれて悟った。今必要なのはそんなものじゃない。

そっとベッドに潜り込み、身を寄せた。向葵の躰は熱を放っていて、このまま体温がすべて空気中に放出されてなくなってしまうのではないかとすら思った。熱が逃げてしまわないよう抱き締めると、ギュッと返される。逃がさないとばかりに、強く。

汗ばんだ躰から、うっすらと向葵の体臭がした。安心できるのと同時に、どこか落ち着かない気分にもなる。

夏の日に川ではしゃいだ時のすがすがしい清流の匂いや、連れ出された夜に嗅いだ夏草の匂い、大音量の太鼓の音に包まれて放った欲望の匂い。そんなものすべてを思い起こさせ、吉乃を包んだ。身じろぎをすると、向葵は吉乃の額に頰擦りし、頭に唇を押し当て、シャツの中に手を忍び込ませて肌に直接触れてくる。

愛撫と愛情の境界がわからず、黙って受け入れた。

向葵はそんなふうに吉乃に触れながら、眠ったり起きたりを繰り返した。求めてくる彼の切実さに、このまま熱がさがらず死んでしまうのではないかと心配になる。

元気だった金魚が突然弱ったように、向葵も衰弱していくのではと。

夢の中のできごとが何かの暗示にも思えてきて、目を閉じた向葵の頰に鼻を何度も擦りつけた。

「向葵、まだ行かないでくれ」

自分たちの別れは、向葵の病によるものだと思い込んでいた。老いがはじまり、急速に衰えて吉乃を置いていくのだと。

けれども、人生にはどんな危険も潜んでいる。交通事故で亡くなることもあれば、別の病気で命を落とすこともある。今まで考えもしなかったことだ。

「吉、乃……？」

「ごめん、起こした？」

「うん、でも……眠りたくな……、吉乃の……傍に……」

そう言って再び眠りに落ちそうになる向葵に、死に神と取り合いをしている気分になった。かろうじて繋ぎとめているが、いつ連れていかれるかわからない。

そんな弱気な自分を振り払い、元気に泳いでいる金魚を布団の中から確認して、再び二人で手を繋いで夜店が並ぶ祭りの会場を歩けると信じた。

次もまた、リンゴ飴を買おう。提灯と同じ色のそれを、二人で囓ろう。次は金魚掬いだけでなく、射的もしてみたい。

努めて明るい未来を想像しながら自分を勇気づけ、幸せが続くことを願う。何時間もそうした。朝が来て積もった雪が輝きはじめても、太陽が空の真ん中にきて雪の表面が溶けはじめても、再び夜が来てもそうした。

向葵の熱がさがったのは、二日後のことだ。

目が覚めると、すぐ近くから自分を見ている向葵に気づいた。熱に浮かされていた時の苦しげな表情は去り、すっきりしている。

「よかった……。熱、さがったみたいだ」

「ごめん、心配かけて」

ベッドから出るとパジャマではさすがに寒く、ガウンを羽織った。向葵も汗でびしょ濡れだ。またぶり返さないよう、一階に下りて柊に着替えを用意してもらう。躰を拭くための湯とタオルも持ってあがった。病みあがりでも食べられるよう、房枝が消化にいいうどんを準備していると柊が言いに来て、あとで行くと返事をする。

向葵の躰をタオルで拭きながら、思わず本音を吐露した。

「びっくりした。あんなに苦しそうで、死んでしまうんじゃないかって思った」

「本当にごめん。絶対に吉乃に会いに行くって決めて登ってきたから」

「雪で大変だったんだろ？　道に迷った？」

すぐに返事はなかった。向葵を見ると、眉根を寄せ、考え込んでいる。

「迷った。いつも迷う。いつもここはたどり着けないんだ。なぁ、吉乃」

何かを決心したような目に捉えられた。肩を掴む向葵の指が思いのほか強くて、息を呑む。

「な、何？」

「俺たちが最初に会ったのって、俺が四歳の時だよな？」

なぜ、今そんなことを聞くのだろう。今まで向葵の時間が他人より速く流れることについて、はっきりと触れなかった。秋に再会した時、言葉にしようとした彼を吉乃がとめた。言わなくていい、と。

「そうだけど……」

「俺が道に迷って泣いてた時、吉乃は俺をここに連れてきてくれたよな？」

懐かしい。まだ小さかった向葵をユウと呼び、遊んだ。もうこんなに魅力的な男になってしまった。身長は追い越され、骨格も向葵のほうがしっかりし、筋肉もついた。吉乃の手にすっぽり収まった小さな手は、今や自分の手を包み込むほどになっている。

だが、追い越されたのは肉体的なものばかりではない。頼りなく泣いていた子供は弾ける明るさで近づいてきて、常に太陽を仰ぎ見る向日葵も夜露に濡れるのだと身をもって教えてくれ、奥に秘めた大人の底知れぬ色香を見せつけてくれた。

「俺を『ユウ』って呼んでたのは吉乃だよな？」

「そ、そうだよ。鞄に書かれたコウキの文字が掠れてて、ユウだと思ったんだ」

自分の何が彼にこんな顔をさせるのだろう。向葵は大事なことを見逃していたとばかりに眉根を寄せた。

「吉乃は、俺と一緒にいたいか？」

「うん、当たり前だろ」

「じゃあ、俺と一緒に歳を取りたいか？」

核心を衝くような言葉に息を呑む。それは、吉乃が望んでいたことだ。

同じ時間を生きられるのなら、彼と同じ病にかかってもいい。一人取り残されるくらいなら、自分の時間を差し出したほうがいい、と。

「そんなことできるのか？」

「吉乃が望めば、俺と同じ時間を過ごせるようになる」

「望むよ。そう望む。向葵と一緒にいられるなら、俺は自分の時間なんてどうだっていいんだから」

その訴えに心が決まったという顔をし、向葵は新しい服に着替えはじめる。

「逃げよう」

「え？」

「逃げるんだよ、ここから。もう吉乃一人が犠牲にならなくていい」

「犠牲って、なんのこと?」

「いいから着替えろ」

急かされて従うと、向葵はドアを開けて廊下に誰もいないのを確認した。手を引かれるまま階段を下り、玄関にたどり着く。靴を履くよう促されて、初めて抵抗した。

「待ってくれ、向葵。ちゃんと説明してくれ。向葵といられるならどこにでも行く。自分の時間だって差し出す。でも、犠牲ってなんのことを言ってるのかわからない」

握られた手に力が籠められた。伝わってくるのは、驚きだ。

「もしかして、自分がどうしてここにいるのか知らないのか? 忘れたのか?」

「忘れたって……何を? 向葵の病の話なら……」

「俺の病? 俺の病ってなんだ?」

言葉にするのを躊躇した。お互い知っていても、一度も口に出してはいないのだ。ひとたびそうすると現実が押し寄せてきそうで、避けていた。

今さら言葉で確認する必要があるのかと思うが、そうすべき時だとわかり、罪を告白するような気持ちで言う。

「向葵の時間が……他の人よりずっと速く流れてるってことだよ」

吉乃の言葉にショックを隠しきれない様子だった。自分の病気を知らなかったのか。いや、そんなはずはない。

「誰がそんなことを言ったんだ？」

「柊に聞いた。ウェルナー症候群って病気があるって。向葵もそれに似た病に冒されてるんだろ？　じゃなきゃ、こんなに速く成長しない」

向葵は信じられないとばかりに「ああ……」と額に手を遣った。何か間違ったことを言ったのかと戸惑う。

「向葵、俺……何か……」

その時、廊下に面したドアがゆっくり開くのが見えた。柊だ。それに気づいた向葵は、吉乃を護るように立ち塞がる。

「柊さん。吉乃は連れていく。これ以上、この土地に置いておけない。ここから連れ出せば、吉乃の時間は動きだすんだろ？」

ますます何を言っているのか、わからなかった。だが、柊はちゃんと理解しているようで「おっしゃるとおりです」と静かに頷く。

「吉乃。俺がここに来たのは、約一年ぶりなんだよ。何回ここに来ようとしても、いつも道に迷って来られなかった。ずっとそうだった。でも、今回はまだマシだ。約一年ぶりにやっと来られたんだからな」

「え？　でも、一緒に秋祭りに……」

「それは去年の話だ」

去年。

口の中で繰り返し、混乱した。

「あれから一年以上経ってるんだよ。吉乃が気づいてないだけだ」

「俺が……気づいてないだけ？」

いや、そんなはずはない。秋祭りから季節はひと巡りしていない。秋から冬になっただけだ。

「柊さんから説明してやってくれよ」

向葵の言葉に、柊は観念したように深々と頭をさげた。

「向葵様が病気などと嘘をつき、申しわけありません」

その言葉に、カッと頭に血がのぼる。

「な……っ、なんでそんなひどいこと言ったんだよ！　なんでそんな嘘……っ」

「時間の流れが違うのは、向葵様ではなく坊ちゃまのほうです。坊ちゃまは、おいくつになられましたか？」

「なんだよ急に。意味わかんないよ。今そんなこと聞かなくったっていいだろ」

「おいくつになられましたか？」

同じ質問に苛立ちを覚え、声を荒らげる。

「二十三だよ！　だからなんでそんなわかりきったこと聞くんだよ！」

「初めて向葵様とお会いになったのは？」

「そんなの決まってるだろ。……二十、……に、にじゅう、……さん」

言いながら、自分の矛盾に気がついた。

二十三だ。浴衣を着て秋祭りに行った時も、夜に連れ出された時も、太陽の下で魚釣りをした時も、二十三歳。山で迷子になった子供をユウと呼んだ時もだ。

なぜ、自分は当たり前のようにそう思い続けているのだろう。そう思うことに疑いを持たなかったのだろう。

「坊ちゃまが犠牲になられたのがそのお歳でございましたから、そこでとまっておられるのでしょう。子供の頃のことは覚えておられますか？」

子供の頃のことなど、思いだしたことはなかった。ここで療養生活を送っている。それだけだ。

「ご両親のことは？」

「やめてくれ！」

躰がぶるぶると震えた。療養生活をしている自分に、両親は会いに来たことがあっただろうか。会いに来ると言って、本当に姿を見せたことがあっただろうか。

「坊ちゃま。あまりに長い年月が過ぎてしまいました。ご自分がなぜここにおられるのかお忘れになっても仕方ありません」

穏やかに言う柊に、少しずつ記憶が蘇ってくる。
今とはまったく違う景色が、そこには広がっていた。

5

吉乃が人間だった頃の記憶は、五百年ほど遡らなければならない。

当時、日本は幕府と呼ばれる武家政権が世を治めていた。しかし、その体制はすでに揺らぎはじめており、かろうじて政権は保っていたものの衰退の一途を辿っている。

いわゆる戦国の世と言われる時代だ。

世の混乱は吉乃が住む小さな村にも影響を及ぼし、村人たちは貧しい生活を強いられていた。日本に国外から新しい宗教が入ってきたのもその頃だ。

瞳の色が違う異国の人間が持ち込んだそれは、西日本を中心に広がりはじめていた。宣教師と呼ばれる者による布教活動によって、新しいものに信仰心を移す者もいた。

しかし、吉乃の村では多くの者が代々受け継がれてきた神社を中心に氏神への信仰を続けた。特に神社に収められていた神器の鏡は、祭りの時だけ人々の目に触れさせることができるものとして大事にされていた。他の村が洪水に見舞われた時も、吉乃の村は大きな痛手を受けずに済んだのは、信仰心を持ち続けた結果だと皆が口を揃えたほどだ。

「何が宗教だよ。神様がいるのに、どうしてあっちこっちで人が死んでるんだ。戦、戦、戦って、俺たちみたいなのが飢えてばかりじゃねぇか」

吉乃は神社の近くの道端に座り、団子を頬張っていた。汚れた足の土を指でこそぎ落とし、目の前に広がる田んぼを眺める。

その時、通りかかった村人がはたと足をとめた。畑仕事の帰りなのか、鍬を肩に担いでいる。吉乃は立ちあがってすぐに逃げだした。

「貴様っ、またお供えものに手を出したな！　この罰当たりめ！」

「盗られるほうが悪いんだよ。どうせネズミの餌になるんだ。俺が喰ってやったんだよ」

両親を早くに亡くして天涯孤独の身だった吉乃は、幼い頃から罪を重ねていた。畑から食べものを盗み、お供えものにも手を出して村人を困らせていた。その日食べていた団子も供えられていたもので、これまで数えきれないほど失敬している。

鍬を振りかぶって追いかけてくるのを見て、村の外れまで走った。追ってきた男はそこまで来たものの、限界だったらしく諦めてしまう。

「次こそ……っ、捕まえて、やるからな……っ！」

「俺が捕まるかよ。俺に喰われるのが嫌なら神様にお供えものなんてしてねぇで、うちで腹空かせて待ってるガキに飯喰わせてやれよ」

逃げ足の速い吉乃は、一度も捕まったことはなかった。だが、単に吉乃が駿足だから今まで逃げおおせたのではない。村人たちは本気で吉乃を疎ましく思ってはいなかったからだ。盗みは働くが、腹を空かせた子供や老人を見れば、渋々ながら食べものを分け与えることもあり、どこか憎めない。

けれども、ある事件をきっかけに少しずつ状況は変化する。神器の鏡が何者かに盗まれ、祭りを行うのが困難になったのだ。それでも人々は信仰を続けたが、徐々に厄災が村を襲う。

長雨のせいで稲に病気が蔓延し、近年稀に見る不作に見舞われた。日照不足のせいで畑の作物も育たず、村の蓄えは洪水で流された。さらには土砂崩れが起き、神社を呑み込んで跡形もなく消したのだ。

不吉なできごとは多くの命を奪い、人々を恐怖に陥れた。そこで、村の長が霊能力者を村に呼んだ。

彼によると、神器が奪われたことで神が力を失い、この地を去ったと言う。そして、いなくなった神の身代わりを探さなければ厄災は収まらないと。身代わりを誰にするかで、村は揉めに揉めた。

そんな時だ。吉乃が再び盗みを働いて捕まったのは。

「またお前か。さては神器を盗んだのもお前の仕業だな」

縛りあげられ、村の長の前に跪かされ、村人たちがそれを取り囲んでいる。殴られた顔は腫れ、身につけているものもボロボロにされていた。

「俺じゃねぇよ。あんなもん売っても、どうせ痩せた芋くらいにしかならないだろ」

「嘘をつくな。盗みを働く奴などお前くらいしかいない」

吉乃は幾度となく村の畑を荒らし、蓄えに手を出してきた。それまで見逃してもらっていたが、続く厄災に気が立った村人の怒りは、吉乃一人へと向かう。村の長がなんとか宥めているが、いつ怒りの波が押し寄せるかわからない。

「幼い頃からお前を見てきたが、疑われるのはこれまでの行いによるものだぞ。いつまでこんなことを繰り返す？　いい歳になっただろう？」

「自分の歳など知るか！」

「もう二十三になるはずだ。両親を早くに亡くしたのはかわいそうだが、このままでいいと思っているのか？」

水分をたっぷり含んだ雨雲が重そうに空を覆っていた。その中で獰猛な獣が唸り声をあげている。

群衆から「そいつを生贄にしろ！」と声があがった。村人たちの怒りは今にも爆発しそうになっている。猶予はなかった。雲はさらに低く下りてきて、いつ稲光が走って落雷するかわからない。

そこで霊能力者が近づいてきて、吉乃に言った。

「これまで重ねた罪を償うために、生贄としてその身を捧げる気はないか？」

「なんだって？」

「飢饉から人々を救うには、この地を去った神の代わりが必要だ。その身を差し出せ。そして神となり、この土地を潤してくれ。それしか道は残されてないぞ」

「生贄なんて冗談じゃない！」

縛られていてもなお、野良犬が嚙みつくように唾を飛ばしながら抵抗する。

「神となったお前がその力を保つために、供物を欠かさず届けよう。稲穂が実れば感謝の祭りを行い、踊りを奉納しよう。お前の耳に届くような、鳴りものを鳴らす派手な祭りをな。盗みを働きながら生きるより、未来永劫いい暮らしができるぞ」

いい暮らし。その言葉が吉乃をおとなしくさせた。

「本当か？」

「ああ、本当だ。こちらの世界とのわずかな繫がりから、先の世と同じ暮らしができるようにしてやれるぞ。田んぼの水が空を映すように、お前の住む世界も発展する」

「そんなことができるのか？」

「ああ、できるとも。この国はきっと豊かになるぞ。神でいる限り、その変化を身をもって体験できる。見たこともないものが見られ、したことのない暮らしができる。わしらが想像もつかないような暮らしがな。どうだ？　悪くない話だろう」

魅力的な話だった。いつも腹を空かせ、東屋で雨露をしのぎ、冬になれば寒さに凍え、木の根を掘り返して飢えをしのぐ暮らしから逃れられる。

「へぇ、面白そうだな。ずっと先の国の姿か」

村人たちの怒りがようやく収まっていくのがわかった。どす黒いものが消えていく。

こうしてこの土地を去った神様の代わりをするべく、生贄になることが決まった。

それから、一緒に生き埋めにされる木彫りのヒトガタが村の人間によって作られた。新たな神となった吉乃に再び逃げられては困る。身の回りの世話をし、心を慰めるための者たちだ。木彫りのヒトガタは百を超えた。

そして、生き埋めにされる当日。

吉乃は白い装束を着せられ、目と口の部分に切れ込みが入っただけの、のっぺりとした面を手渡された。人から人でない者へとなるため、顔を隠すらしい。さらに、芋がゆが振る舞われた。飢えた村人たちが唾を呑む目の前で、悠々とそれを平らげる。

「あー、旨かった。こんなに腹が膨れたのは生まれて初めてだ。じゃ、あとのことは俺に任せなって」

村人たちが見守る中、吉乃は面を被って穴の中へと下りていった。表情が村人には見られないと思うと、確かに自分が人から違う者へと生まれ変わるのだと思えてきた。

木彫りのヒトガタが無数に並べられており、中央に仰向けに横たわる。霊能力者が何か唱えはじめると、土が次々に放り込まれ、周りが埋まっていく。その中で、吉乃はただ青い空を見ていた。

　空を美しいと感じたのは、初めてだった。


「思いだされましたか？」

　柊の言葉に我に返った。おそろしく澄み渡った空。これから生き埋めにされる生贄を見守る村人たち。次々と放り込まれる土。ずっとずっと昔の景色だ。

　呆然（ぼうぜん）と立ち尽くすことしかできない。

「吉乃、大丈夫か？」

　ふらつき、しっかりと肩を抱かれた。向葵に顔を覗き込まれ、ほんの少し冷静さを取り戻す。それでもまだ上手く呑み込めたわけではない。

「柊、お前も……ヒトガタなのか？　俺をここに繋ぎとめておくための……」

　柊はゆっくりと頷いた。

「五百年近い年月を過ごされた坊ちゃまが、向葵様の時間だけが速く流れていくように感じるのも当然です。子供にとって一年は長くても、大人からすればあっという間ですから」

記憶が蘇っても、まだ信じられなかった。いや、信じたくなかった。

「ここは坊ちゃまのための世界です。時間の流れなどあってないようなものです。季節も移ろいますが、坊ちゃまの感覚に従っております。向葵様たち生きている者にとって、幻のようなものです」

「だから俺がガキの頃、ここでナポリタン食べさせてもらったのに腹ぺこで家に帰ったんだな」

柊はそのとおりだとばかりに、ゆっくり頷いた。すると、向葵は軽く鼻で嗤う。

「今も腹が減って倒れそうだよ。ってことは、俺がすべてを捨ててここに住むってわけにもいかないんだろうな」

「そのとおりでございます。しかし、不思議なものです。外の世界とわずかに繋がっているとはいえ、本来は向葵様が立ち入ることなどできないはずなのですが」

向葵と初めて会った時のことを思いだす。吉乃が聞いた泣き声。思えば、あんな森の中にいた子供の声が屋敷まで届くだろうか。あの時、柊は聞こえないと言った。

何が二人を引き合わせたのだろう。

「運命……」

無意識に口をついて出た言葉に、柊は目を細めた。

「向葵様のお話によると、何度もここへ来ようとされたそうですね。でも、いつも道に迷っておられたと。どうやらここと外の世界の季節が重なった時、おいでになれるようです。その時だけ現れる道が、向葵様にだけ見つけられる道が、あるのかもしれません」

向葵だけに見つけられる道。

それがいつ現れるかわからないのに、何度もここに来ようとしていたと思うと、これまでの日々がずっと尊いものだとわかった。

向葵が想いを重ね、諦めずにいてくれたからこその時間だった。

「不思議なものです。お二人が出会うまでは、坊ちゃまも山を下りようとされたことはなかったというのに」

「でも、今はここから出たがってる。吉乃を生き埋めにして、神様の代わりにして、まだ縛り続けるのか?」

渡さないとばかりに、腕をグッと摑まれた。吉乃も手を重ねる。

ここを出たら、吉乃の時間は動きだすと向葵は言った。贅沢(ぜいたく)な暮らしも、自分のための世界もいらない。永遠の命なんてなおさらだ。

向葵と一緒に老いていきたい。

「いえ、もう十分です。坊ちゃまは十分役目を果たしました。どうかお逃げください」

「柊、いいのか?」

「はい。すでに五百年の月日が流れましたから、坊ちゃまは解き放たれるべきです」

柊は振り返らずにただ前を見て山を下りろと言う。途中、何があっても、誰に声をかけられても、そこにいないように、反応しないようにしろと。

「吉乃っ、行こう！」

「柊は？」

「わたくしはただのヒトガタです。ここから出ても何もすることはありません。自分の役目も終わりました。さぁ、皆に気づかれないうちに早く」

柊が玄関の扉を開けて外の様子を窺う。こちらだと言われ、ついていった。門の前まで来ると、再び外に誰かいないか確認して二人を手招きする。

森に向かって走りだそうとした時、呼びとめられた。

「坊ちゃま。初めの頃は、それはそれは大変でございました。わがままばかりで、傲慢で、手がつけられないお人でした」

懐かしむように目を細める表情は、これまで見たどんな柊よりも優しかった。

そうだ。覚えている。昔は盗みを繰り返していた罪人だった。気まぐれに食べものを分けることはあっても、他人などお構いなしだった。

「ですが、長い年月を経て随分とお変わりになりました。特に向葵様と出会ってからは、著しい変わりようでございました。わたくしどもに対する思いやりの言葉や気遣いが増え、無理をおっしゃることもなくなりました。心が満たされている証しだったのでしょう」

目頭が熱くなった。天涯孤独の身だったが、生贄として身を捧げてからはずっと傍にいてくれたのだ。親以上に一緒にいた。柊との別れがつらくてならない。

「柊……っ、ありがとう」

抱きついて心からの礼を言う。

「どうかご無事で。向葵様、坊ちゃまを頼みます」

「吉乃は俺に任せてください。連れ出すからには、大事にします」

敷地を出ると、ただ山を下りることだけを考えた。

「あら、吉乃さん。柊さんに無断で外出してもよろしいの？」

ご近所さんだ。声をかけられても振り向かず、返事もしない。懐いていた犬が、キュンキュンと鼻を鳴らして近づいてくる気配もする。振り返ればいつものように尻尾を振りながら濡れた目で撫でてくれと吉乃に訴えているだろう。

「吉乃、平気か？　手を放すなよ」

「うん。ちゃんと握ってるよ」

山に入っても、吉乃を呼ぶ声は現れた。庭師にどこに行くのだと聞かれ、房枝にはおやつの用意ができたと声をかけられる。バターをたっぷり使ったスコーンのいい香りまで漂ってきて、自分が長い間世話になった人たちを——自分とともに埋められたヒトガタたちを置いていくことに罪の意識すら覚えた。

「くそ、今度は出られないのか」

ガサッと茂みを掻き分けた向葵が、重くつぶやく。

「山を……下りられないのか？」

「そうみたいだ。来る時はいつもそうだったんだ。狐に化かされたみたいに、同じ道を何度もぐるぐる回るだけで。でも、吉乃のところに行けたんだ。絶対下りられる」

その言葉に勇気づけられ、もう一度足を踏み出した。ひたすら歩く時間が過ぎていく。

そうしてみて、どんな思いで向葵が自分のところに来ていたのかよくわかった。いつも迷うと言っていたが、これほどとは。これほど険しい道のりを経て、会いに来てくれたのだ。それは愛していると言葉にされるよりも、ずっと深く心に刺さる。

「どうしたんだ？　もしかして、あそこを出るのが怖くなったのか？」

「違う。だって……俺に会うために、いつもこんなに大変な思いをしてたんだなって。たどり着けない時のほうが多かったんだろう？」

目頭が熱くなり、鼻の奥にツンとしたものが込みあげてきた。

「柊さんの言うとおりだな。生贄になった男については資料で読んだ。盗んでばっかりで、なかなかひどい奴だったよ。でも、今の吉乃は俺の苦労を想像して泣くんだな」

頬に手を添えられ、涙を拭われる。

「ん……」

唇を重ね、不思議とまた涙が溢れた。

本来なら知らないまま死んだはずのもの。新しい文化。新しい技術。その中で、知ることができてよかったと思える一番のものが向葵だ。彼に出会わせてくれたと思うと、生贄になれと言った霊能力者や村人の怒りを抑えてくれた村の長にも心から礼を言いたい。吉乃を差し出した村人たちにさえ。

「いいんだ。俺が会いたかったから。まだ歩けるか？」

頷くと、再び歩きはじめる。その時、また背後から声が聞こえてきた。

「坊ちゃま」

心臓がトクンと跳ねた。立ちどまり、その気配に意識を集中させる。

「本当にここから出ていかれるおつもりですか？」

「吉乃。柊さんじゃない」

手をグッと握られ、ゴクリと唾を呑んだ。

そうだ。わかっている。

だが、長年仕えてくれた柊の声を聞いて、一歩も足が動かなくなった。

「坊ちゃま。お寒ぅございます。お風邪をめされないうちに屋敷へお戻りください」

長い間、ずっと傍で世話をしてくれた。わがままを聞き、時には困った顔で吉乃を宥め、景色が美しい時は指差して教えてくれた。

「せめて、お別れの前にもう一度お顔を……」

「振り返るな！」

向葵の声は聞こえているが、抗えず、首を回す。後ろに、ゆっくりと。


雪が降っていた。

最初に耳に入ってきたのは、ギュ、ギュ、と雪を踏み締める音だ。次に荒い息遣いが一定のリズムで聞こえてくる。躰が上下に揺れており、自分が肩に担がれて運ばれているとわかった。しっかりとした足取りに、なぜか安心した。迷いなき歩みは、自分が行くべき道を指し示しているようで心強い。疑うことなく、一緒に行ける。それは、自分への想いに対する信頼でもあった。

向葵、と呼ぶと足音がとまり、ゆっくりと下ろされる。

「目が覚めたか？」

足もとがふらついたが、支えられて平衡感覚が戻るまで手を借りた。

「うん、俺どうしたんだ？」

「大丈夫だ。もう山は下りられたから心配するな」

吉乃を見下ろす優しげな視線にどれほどの愛情がつまっているのか計りようもないが、間違いなく自分の中に収めきれる以上のものを注いでくれると感じた。湧き水のように絶え間なく溢れてくる彼の愛情は尽きることがなく、その泉が涸れることもない。

「焦ったぞ。振り向く奴があるか」

優しく叱られ、あの瞬間を思いだした。

柊の声にどうしても足が進まなくなり、ついには振り返ってしまった。顔を見たいと言われてなお、振りきっていけるほど冷酷にはなれない。その瞬間、吉乃の躰は強い力に引き戻された。あの場所が吉乃を手放すまいと働きかけているような、強大な力だった。

向葵に手を摑まれたが相反する力に腕がちぎれそうになり、あまりの痛みに叫んだのを覚えている。

「ごめん、絶対振り返るなって言われてたのに」

「いいよ。あそこで振りきれない吉乃も好きなんだ。五百年も一緒にいて身の回りの世話をしてもらったんだからな。それに、俺も手を放した」

「ううん、あのまま握られてたら腕がちぎれてたかも」

手が離れる瞬間は、スローモーションの映像を見ているようだった。

その様子を凝視する向葵の目に浮かんでいたのは、諦めではなかった。何度だって連れ戻しに行くという強い決意だった。だから、手が放されるのを目にしながらも不安はなかった。

　また向葵は来る。どんなことをしてでも来てくれる。

　そう信じられた。

「でも、どうして連れ戻されなかったんだろう」

　手が離れたところで吉乃の記憶は途切れている。向葵も同じらしい。気がつけば、吉乃の横で倒れていて、慌てて担ぎあげて山を下りたという。

「これかもしれない。神主やってた祖父ちゃんが死んだ年にくれたんだ」

　それは、手に収まるほどの小さなお守りだった。

「ずっと持ってて……吉乃をあそこから連れ出そうって決心した時に、これ持って行こうってなんとなく。妖怪退治の護符みたいなもんじゃないけど、効いたのかもな」

　向葵は中の木片が割れていないか袋の上から触って確かめたが、特に変化はないという。表面に少し泥がついただけだと。

　それからタクシーを拾い、向葵が借りているという倉庫に向かった。

「お客さん、大丈夫ですか？　なんだか疲れてるようですが、まさかこんな夜更けに山でも登ったとか」

「まぁ、そんな感じです」

「危ないですよ。ここは大して高い山じゃないけど、昔は禁足地だったこともあって地元の大人でもよく迷うんですから」

「はい。反省してます」

注意してみると、自分が向葵以外の人間に見えていないことがわかった。運転手の視線は決して吉乃を捉えない。

今思えばリンゴ飴の屋台でも、金魚掬いでも、直接話しかけられてはいなかった。浴衣を買った店でも、店員が話しかけていたのは向葵だけだった。一度たりとも目が合わなかった。カフェで、公園で。おかしいと気づくチャンスはいくらでもあったのに、違和感を抱いたことはなかった。

まさか自分がそんな存在だとは思っていなかったのだ。変に思わなくても不思議ではない。

「向葵、返事はしなくていいから聞いてくれ」

ギュッと手を握られた。肯定の意味らしい。

「多分、俺の時間は動きはじめた。一緒に歳を取っていける。そうだろ？」

またギュッと手に力が籠められた。

「でも、俺の姿は向葵以外の誰にも見えない。俺が傍にいることで、何か迷惑をかけるかもしれない。それでもいいのか？」

再び強く握られる。

「そうか……」

「吉乃のほうがつらいかもしれないぞ」

「何かおっしゃいましたか？」

「いや、独りごとです。すみません。このまま走ってください」

運転手が怪訝そうな顔をした。これまでも二人でいる時に、向葵は何度もこんな目を向けられたのだろう。自分が傍にいるというのは、そういうことだ。

「気をつけて。変な人だと思われる」

向葵がクスリと笑った。運転手がまたバックミラーを覗く。こら、と睨むが、向葵はそんなことはどうでもいいとばかりに吉乃と目が合うと笑った。

「俺が傍にいて……いいんだよな？」

「当たり前だ。俺は吉乃に傍にいてほしい」

もう運転手は反応しなかった。しないように我慢しているのがわかった。

向葵が借りている倉庫は、タクシーで十五分ほど走った国道沿いにあった。近くにはショッピングモールや飲食店が並んでいる。敷地は広く、駐車場は野球の試合だってできそうだ。中に入ると、奥に事務所と宿泊できる部屋がある。

パーティションで仕切られたそこには狭いが、ベッドやテーブル、簡単な流し台、ちょっとした調理ができるコンロやシャワーの設備もある。

疲れを流してこいと言われて従った。交替で向葵もシャワーを浴びて出てくる。

その時、紙袋の中に吉乃の浴衣セットがあるのに気づいた。新品だ。

「これ……」

「ああ、それか。店に置き忘れてたって連絡があって取りに行ったんだ」

「え、俺は持って帰ったよ。着てっただろ?」

「そうなんだ。でも実際は持ち帰ってない。多分、屋台のリンゴ飴とか金魚もだ」

向葵が言うには、おそらく吉乃が何か手に取ってもそこに置かれたままで、何か食べても減ることはないのだろうという。

「供物もそうだろ。神様に捧げたものはずっとそこにある。でも神様はちゃんと受け取ってる」

「だから浴衣や金魚があるのかって確かめたんだな」

「ああ。だけど不思議だな。俺には他の人と変わらない。目の前にいるのに、こうして触れられるのに、肉体がもうないなんて」

確かめるように手が伸びてきて、頰に添えられる。親指の腹でゆっくりと撫でられ、その心地よさに目を閉じた。だが、心地いいだけではない。躰の芯に微かな炎が宿っている。それはマッチ棒で灯した灯りのように小さく、わずかな風で吹き消されてしまうほどのものだが、向葵は両手で炎を包み込んで風から護り、育てようとする。

「疲れたか？」

「うん、疲れ……、――ぅん……」

言葉は最後まで続かなかった。

唇を奪われ、素直に応じる。腕を伸ばして首に回すと、腰を抱かれた。向葵の舌が唇の隙間からぬるりと入ってきて、舌を搦め捕られる。一度はびくついて逃げるが、再び捕まり、躰に火を放たれる。

微かに漏れた声は、すっかり濡れていた。狭いベッドになだれ込み、互いを求める。

長い年月をかけて、吉乃は向葵に巡り合ったのだなと実感した。彼に出会うための時間だったのかもしれない。


あれほど山の中を歩き回って体力を消耗しているにもかかわらず、吉乃はこれまでになく昂(たかぶ)っていた。肉体的な疲れは、むしろ欲情を掻き立てるものでしかない。

「はぁ……、向葵……っ、……はぁ……っ！」

くたくたで眠ってしまいたいのに、針を深く呑み込んだヤマメが川底から引きあげられるように、水底の静かな場所から水面へと運ばれる。捕まった獲物が人の体温で火傷をするのと同じで、向葵の愛撫に吉乃もジリジリと身を焦がした。

「好きだ、吉乃、やっと、あそこから連れ出せた」

「ぁ……っ」

低くてよく通る向葵の声は、今はたった一滴のしずくを垂らすかのごとく吉乃の耳元に注がれた。誰にも届かぬよう、好きな人にだけ届くよう。

「神様にこんなことしたら……」

「俺はもう……神様じゃ、な……」

「なんだっていい。吉乃がどんな存在でも……」

「ぁ……あ……」

熱い手がシャツの上に置かれ、這わされる。吉乃の形を、吉乃がここにいることを確かめるためのそれは、ゆっくりとした動きだった。向葵の中心はすでに変化しているが、己の欲を満たすことは二の次だとばかりに奉仕に徹している。

「全部、見ておきたいんだ」

「ぁ……っ」

「吉乃、全部見ておきたい」

軽い目眩を覚えながら、シャツのボタンをひとつずつ外していく彼の手に吉乃は意識を集中させた。ひとつめ。ふたつめ。みっつめ。

ひとつ外されるごとに肌とシャツの間に外気が入り込む様子までもが手に取るようにわかり、自分を捧げる悦びと、羞恥の狭間で吉乃は揺れた。

そろりと、向葵の手がシャツをはだけさせるとゴクリと唾を呑む。

「……ぁ……っ、な、ん、……だよ……？」

あまりにじっと眺められて、視線に身を焦がしながら不満げにそう聞いた。視線もまた、愛撫だった。見られる恥ずかしさと、見られる悦び。そのふたつがなぜ同時に存在していられるのか、吉乃には不思議だった。だが、確かに自分の中にある。

「綺麗だ」

「きれい、なんかじゃ……」

「綺麗だよ、俺が出会ったどんな人より、吉乃は綺麗だ。見た目も、中見も」

言いながら、今度は下半身を覆っているものに手を伸ばしてくる。奪うように抱かれるのとは違い、じっくりと時間をかけるやり方は羞恥をより大きくした。

コクリと唾を呑み込んでも、触れられた肌がゾクリと波立っても、全部把握される。どれだけ自分が欲深いのかを見られるのと同じだ。

「ぁ……っ、ぁ……あ……ぁ」

焦れて、身を捩った。

渇いた躰が水を欲しがるように、一滴の愉悦の気配を感じて口を開けてしまう。はしたなく、その一滴が垂らされるのを待っている。待ちきれず、自ら身を起こして舌で掬おうとする。

「あぁ……っ」

早く、と心の奥で念じてしまうが、言葉にせずとも向葵にはわかっていたようだ。

顎先に這わされた唇は喉をなぞるように通り、鎖骨の出っ張りにたどり着く。それがどんな形をしているのか唇で確かめられるのは、肉体的な昂りと同時に心の高揚を呼んだ。

「あっ！」

頑丈な歯にほどよい痛みと被虐的な快感を呼び起こされる。こんな快感があるのかという驚きに、吉乃は唇をわななかせた。とても自分のものとは思えない甘い掠れ声を、どこか他人事のように意識の隅で聞く。

「……っく、――んっ、……んぁあ……っ」

胸の突起に吸いつかれた瞬間、前触れのない刺激に獣じみた欲望が目を覚まし、全身にさざ波が立ったような快感が広がった。

ここがこれほど敏感だなんて、知らなかった。柔らかい舌がその上をなぞるように通っただけで声が次々と漏れる。

「や……っ、……ぁ……あ……ぁ、……はぁ……っ」

舌先で転がされ、唇で戯れるようについばまれた。次第に敏感になっていく小さな尖りが、自分の意思とは無関係にはしたなく赤く色づいて向葵を誘う。もっと、してくれと。

「ここ、苦手か？」

「わか、ら……な、……ぁ……っ」

限界だ、と訴えるも、向葵は取り合ってくれなかった。

「吉乃が……好きなんだ……っ、好きだから……もっと……気持ちよくなってほしい」

「んぁ……、……っく」

あまりにもどかしい刺激に身を捩って息を整えようとするが、その姿はむしろ向葵の奥で翻（ひるがえ）る欲望の火に薪をくべるようなものだった。より熱心に、丹念にそこばかりを責め立てられる。おかしくなりそうだ。

「そんな姿が見たいんだよ」

「も……、もう……っ」

「もっと見たい。吉乃が感じてる姿を見たい」

ようやく突起を解放されるが、唾液で濡れたそこは微かな空気の動きにすら反応した。執拗（しつよう）な愛撫に音をあげていたのに、放置された途端、貪欲に求めはじめるのだから始末に負えない。

大人の駆け引きと子供のわがままを同時に見せられたようだった。

さらにうつ伏せにされ、髪がシーツに広がる。髪が肌の上を流れていくのにすら感じてしまい、自分の躰がどこまで快楽に従順になるのか、怖くなった。あまりの欲深さに呆れられないかと思うが、優しく否定するように、今度は背骨に沿って次々とキスの雨を降らされる。

「んぁ……ぁ……あっ、……あぁ……っ」

柔らかい唇が軽く触れるたびに、ビクンと躰が跳ねた。

吉乃は、伸びをする猫さながらに躰を反り返らせた。胸の突起を弄られながら背中を愛撫され、啜り泣く声をシーツに含ませる。

尻の割れ目を指でなぞられて下腹部が疼き、躰が跳ねた。向葵と繋がった記憶が甘い期待となって吉乃の心に広がった。繋がった時の幸せと欲望の記憶は、たった一度でも深く吉乃の中に刻まれている。

「んぁ、あ、……向葵……っ、――あぁ……、んぁ……あ、……っく」

指は冷静に蕾を拓いていった。ひくついた瞬間、そこだったのかといったん動きをとめ、確かめるように熱を刻んでいく。躰の奥に消えない火を宿した吉乃は、ジワジワと炙られるしかなかった。自らの力では消すことはできない。

「吉乃の髪、いい匂いだ」

肩にかかった髪に口づけられ、あまりの快感にシーツを摑んだ。だが、本当に摑んだのはシーツではなく、向葵との未来だった。ようやく手にしたものを逃さぬよう、手のひらに収めている。

それがわかったのか、大丈夫だとばかりに手を重ねられ、しっかりと包まれた。一緒に握っていようと言われているみたいだった。放さないでいようと。

そんな向葵の気持ちが嬉しく、吉乃は安心して身を任せられた。指をより深く呑み込もうと尻を高々とあげる己のはしたなさを恥じながらも、求めずにはいられない。

「吉乃、もう、いいか？」

小さく、何度も頷いた。これ以上は待てない。待てないから、早く。

「ぁ……っ」

あてがわれた瞬間、唇の間から濡れた声が溢れた。待ち焦がれていたものを受け入れようとするが、嵩のあるそれをたやすく呑み込むには経験が足りない。欲しいのに、雄々しくそそり勃ったものはそうやすやすとは受け入れられず、身を固くした。

「こら、逃げるな」

「……っ、だって……、……ぁ」

「力抜いて俺に任せろ」

余裕を持った言いかたが、彼の魅力を引き立てているのは言うまでもない。

「ぁ……、ぁあ……っ、……っく、……ぁあ……っ」

ジワジワと押し広げられながら、身を捧げる悦びに溺れた。向葵がゆっくりと、奥深い場所まで入ってくる。一度は人々のために生贄となった身でありながら、こうしてただ一人の愛する相手にすべてを差し出せるのが嬉しくてならない。

「ぁ……、……ぁあ……っ！」

深々と根元まで収められ、ビクビクビクッと痙攣した。それは長く続いた。これほど切れ間なく震えるものかと驚くほどだった。

「は、――ぁ」

「平気か？」

首を横に振ると顎に手をかけられ、後ろを向かされる。奪うように口づけられ、自らも舌を搦めて求めた。

長い髪が口に入るが、構わず口づけてくる向葵の獣じみた切実さが快感をより大きくしたのは間違いない。次第に余裕を欠いていくが、理性を掻き集めるように自制しているのもわかる。時折漏れる唸り声のような吐息が欲望の深さと、それ以上に深い愛情を感じさせ、あまりの快感に視界が涙で揺れた。

「んぁ、……んぁ……あ、……ぁ……あ……ん、……ん……っふ」

下唇を強く吸われ、無意識に向葵を締めつける。ゆっくりと腰を前後に動かされると、いっそう強く収縮した。体温があがり、唾液でたっぷりと濡れた唇は赤く色づいて向葵から少しずつ理性を毟り取っていく。

熱い吐息を漏らしながら、言葉にならない声で自らの欲望を吐露した。

「ぁ……ぅん……っ、んんっ、ん、……ぁ……ん、……ん……ふ」

愉悦を躰に練り込んでいくようなじっくりとした動きに、吉乃の昂りはさらに増した。どこまでも躰を反り返らせ、向葵を奥深く呑み込みながらよくばりな口が向葵の口づけを絶えず求める。そんな吉乃の姿に、理性の欠片をずっと握っていた向葵もそれを手放しつつあった。

「はぁ、……吉乃、……吉乃、……綺麗だ、……好きだ……っ」

自分の中には留めておけないとばかりに奥をやんわりと突きあげられ、歓喜する。その動きは次第に忙しなく、切羽詰まったものに変わっていった。汗ばんだ肌と肌がぶつかり合う音が、二人を獣にする。

「吉乃……っ」

「は、ぁ……あ、……も、もう……っ」

限界を訴えると、自分もだと言われた。そして、一緒にイこうと。

後ろからきつく抱き締められたまま、二人で高みを目指す悦びは肉体の快感をあっという間に超えた。

「んぁ……、や、あっ、あ、ぁあっ、——ぁぁあああ……っ！」

白濁を放つと同時に、向葵が奥で激しく痙攣した。彼の欲望を受けとめる悦びに、さら

に快感は増す。

　幸せだった。

「――はぁ……っ」

　脱力した向葵がのし掛かってきて、ぴったりと合わさった躰から体温と鼓動が伝わってきた。鋼のような肉体の重みが心地いい。心音が、いとおしかった。普段よりずっと速く打ち鳴らされるそれは、彼が悦びを感じた証しに他ならない。

　これほど満たされた時間があっただろうか。

「吉乃……、つらく、なかったか?」

　微かに欲望を残した声で聞かれ、答える代わりに振り向いて唇を差し出した。すると、優しく重ねられる。ん、と甘い声が漏れるのを、ぼんやりと聞いていた。

「も……いっか、……い、……もう一回……、……して」

　ねだる自分に驚きながらも、躰を反転させて抱き締め合った。身を起こした向葵の引き締まった躰に見惚れながら、膝を大きく開かされるまま従う。あてがわれ、彼の引き締まった肉体を見上げながら受け入れる。脚を広げてより深く呑み込むことになんの躊躇もなかった。

「ぁ……ぁぁ……」

　際限なく求めてしまう自分はこのまま向葵の命まで吸い取ってしまうのではないかと思

うほど、欲深いと感じた。どこまで求めてしまうか、怖いくらいに。

今は二人の息遣いだけが聞こえる。目を開ければ向葵がいて、耳を澄ませば向葵の息遣いが聞こえ、息を吸えば向葵の体臭が吉乃を包んだ。

自分の五感すべてを征服してほしい。向葵でいっぱいにしてほしい。

吉乃の願いは、その夜、時間をかけてじっくり叶えられた。


翌日、目が覚めると隣には向葵がいた。目覚めた時に好きな人の寝顔が隣にある幸福感を手放したくなくて、しばらく眺める。顎の先に額を当て、寝息に耳を傾けた。彼の伸びやかな美声を送り出す喉元の出っ張りが、時折上下する。

「ん……？　吉乃」

「あ、ごめん。起こした？」

「なんだよ、起きてたのか。すぐに起こしてくれりゃよかったのに」

そう言いながら吉乃を抱き締めて二度寝をはじめる向葵に、笑いながら身を委ねる。

少しベッドの中でダラダラしたあと、二人で一番近くのスーパーに行き、おにぎりとうどんを買って帰った。小さなコンロでうどんを温め、おにぎりを頬張る。たったそれだけなのに、心が満ちていくのがわかった。

温んだ水のベッドに横たわっているような、そんな時間だった。

「実は東京のマンションは引き払おうと思ってるんだ。こっちの倉庫を任されてるから、俺が東京にいる必要がなくなってきてさ。カフェも併設してるから俺が常駐したほうが何かと都合がいいし。そのうちマンション借りるから、少しここで我慢してくれ」

「俺はここでもいいけど」

「倉庫だぞ」

「でも、居心地がいい。古い家具と相性がいいのかも。屋敷にもあったし」

「家具だけじゃなく小物もあるんだ。古い食器とか雑貨とか。欲しいのあったら使っていいぞ」

朝食を食べ終えると、倉庫の中を見て回った。

職人の手によって蘇った家具たちは、長い旅の途中だとばかりに美しい光沢を放っている。何度も塗料を塗られ、磨かれ、大事にされてきたものたちは古いと卑下することなく、むしろ自信に満ちていた。傷さえも、魅力のひとつだと。

人も家具も愛情を注がれれば、こんなふうに幸せに満ちた表情になる。

「そのキャビネットは百年くらい前のものなんだ。ほら、ここに書いてあるだろ。人気のあるメーカーなんだよ」

扉の裏を見ると、古びたプレートがビスでとめてあった。飴色に輝く家具がいつ生まれたのか記されている。

「これ、全部向葵のお父さんがリペアするのか？」

「まさか。もう二人職人がいる。あとは経理担当が一人。お袋は営業やってる。レンタルもしてるから、ドラマの撮影に使われたりするんだ」

「すごいな」

感心していると、向葵がじっと自分を見ているのに気づく。

「吉乃はこの家具たちよりずっと長く生きてるんだな。五百年前っていったら、戦国時代だろ。気が遠くなるよな」

まだ二十六年しか生きていない彼と、五百年近く生きた吉乃。二人の出会いは奇跡だ。奇跡を、大事にしようと思う。

「俺はまだ東京に仕事があるから明日はそっちの実店舗に行くけど、一緒に来るか？」

「う〜ん、慣れるまではこっちがいいな。倉庫の中の家具、全部見たい」

二人の新たな生活は、穏やかにはじまった。

向葵が言っていたとおり、一緒に食事をすると吉乃の食べたものは減って皿は空になるが、しばらくしてテーブルを見ると手のつけられていない料理が残されている。

実際は手にしたものを動かすことはできないようだが、本をめくって中を読むことはできたし、照明をつけたりパソコンを使ったりもできた。ただし、他人がいるところでやると驚かれるため、注意が必要だ。

「俺、この倉庫の幽霊みたいだな」

「お客さんを脅かすなよ」

向葵がいない間は、普段どんな仕事をしているのか知りたくて、倉庫に集められた家具を見て回った。長生き同士仲良くしようと声をかけると、家具も「こちらこそ」と受け入れてくれた気がする。手で撫で、話しかけ、傷を見てその歴史を想像する。

そうしているうちに、併設されたカフェを訪れる客のうち、倉庫にある家具や小物を必要としている人がなんとなくわかるようになった。そのたびに「ちょっと寄っていってよ」と声をかける。すると、聞こえないはずの声が届いたように、カフェの客がふらりと倉庫へ入ってくるのだ。倉庫の中は古い木の囁きや、ブリキのおもちゃのつぶやき、銀食器の鈍くて優しい視線で満ちていて、吉乃に誘われた客は必ず何かと出会い、連れ帰る。大型の家具を買って帰る者もいた。

吉乃が来てからまた売り上げが伸びたという向葵に、少しは役に立てた気がして嬉しくなる。そんなふうに、日々は何事もなく過ぎていった。あまりに穏やかで、自分がずっと前からこの倉庫に住んでいる錯覚にすら陥った。

そんなある日。吉乃は向葵に連れられて向葵の祖母の家に行くことになった。吉乃がいた山のふもとからそう遠くない。

「ここだ。祖母ちゃんち」

家の前で言われ、懐かしさが込みあげてきた。

覚えている。向葵がまだ四歳の頃、この辺りまで送り届けた。あの時はすっかり暗くなっていたが、塀や門の様子を見ると、ただいまと言いながら帰っていく向葵の小さかった背中が脳裏に浮かんでくる。行こう、と促され、向葵のあとについていった。

「祖母ちゃん、元気だった？」

「ああ、向葵ね。元気にしとったね？」

鍵のかかっていない玄関から入ると、奥から腰の曲がった小さな人が出てくる。笑うと目尻にたくさんのシワが寄る、優しそうな人だった。手が大きくて関節が太くてしわしわだ。働き者の手だった。

「お腹空かせて来たね？　向葵の好きなお魚の南蛮漬け、用意しとるよ。食べるやろう」

「うん、食べる。腹ぺこ」

一人暮らしという向葵の祖母は、孫の訪問を心から喜んでいるようだった。にこにこ笑い、頬骨の辺りが紅潮して艶々している。

「ねぇ、祖母ちゃん。変なこと言うけど、二人ぶん用意してもらっていい？」

「おかわりならいくらでもあるよ」

「そうじゃなくて、二人ぶんよそってほしいんだ」

「たくさんあるけん、何人ぶんでも用意しちゃる。そこに座っときんしゃい」

詳しいことは何も聞かずに返事をする向葵の祖母に、底知れぬ優しさを感じた。その愛情深さは、向葵に受け継がれているのだろう。懐の深い彼のルーツがそこにはあった。

「はい、どうぞ。二人ぶん。隣に置いていいね？」

「ありがとう。いただきます」

吉乃も「いただきます」と続いた。実際は箸を手に取ってすらいないのだろうが、それでも美味しかった。鰈の南蛮漬けは少し酸っぱくて、そして甘みもあり、ちょっとだけピリッとして淡泊な味とよく合う。玉葱と人参のスライスの歯応えがいい。魚の身はほろほろで、ひれの部分がカリカリに揚がっていて、香ばしかった。

白いほかほかのご飯との相性は抜群だ。味噌汁は麩と豆腐と揚げのシンプルなものだったが、出汁が利いていてじんわりと染みる。

「あー、旨い。やっぱり祖母ちゃんの料理は最高だな」

「そうね。いっぱい食べんね」

ほっほっほ、と笑いながら向葵を見ている彼の祖母の目が、時折誰もいない膳やその前の座布団に注がれるのがわかった。目は合わなかったが、向葵以外の誰にも認識されない自分の存在を感じてくれている気がする。帰る時には、祖母が向葵の姿が見えなくなるまで見送ろうと手を振る姿にジンとした。

「またおいでぇ。美味しいもの作って待っとるよぉ」

「また来るね〜っ！　向葵と一緒にまた来るから〜っ！」

姿も声も認識されないのをいいことに、吉乃は両手をぶんぶん振りながら声を張りあげた。けれども、届いている気がした。何がおかしいのか、向葵がクックック、と笑いを堪えている。

「ほら、向葵ももっと手ぇ振れよ。お祖母ちゃん、まだ見てるって」

「じゃあね、祖母ちゃん。また様子見に来るから！」

向葵が言うと「うんうん」と頷いているのがわかった。またすぐに会いに来る。勝手に誓い、次に会える日を楽しみにする。

そんな優しい日々の中、季節はあっという間に過ぎていった。限りある、幸せな時間だった。老いていくからこそ、味わえる。

これ以上ないというくらい、吉乃は満たされていた。

けれども、それは突然にやってくる。自分の役割を忘れるなとばかりに。

雨が続いていた。

テレビでは各地で起きた水害のニュースが流れていた。アナウンサーが緊迫した声で、逐一状況を読みあげている。

深夜から降り続いた雨は大降りとなり、川が氾濫し、溢れた水が濁流となって小さな町をいくつも呑み込んだ。圧倒的な力にささやかな生活が押し流される。

特に被害が大きい地域の中に、向葵の祖母の家があった。

「うん。祖母ちゃんとまだ連絡取れない？　避難所に行った可能性は？」

両親が離婚してからたまにしか連絡を取り合わない父親と電話で話す向葵の顔は、青ざめていた。風と雨の音で防災無線は届かず、家に取り残された人が大勢いるという。

電話を切った向葵は、また別の場所に電話をかけた。

「お袋？　祖母ちゃんとこが水没したみたいなんだ。連絡が取れないって」

落ち着こうと必死で声のトーンを抑えているのが、ひしひしと伝わってくる。それが余計に動揺の大きさを吉乃に感じさせた。

食事を二人ぶん用意してくれと言った孫に、向葵の祖母は何も聞かずそうしてくれた。吉乃がいることがわかっているように、黙って座っていた。

あの優しかった向葵の祖母が、行方不明だなんて。

吉乃の脳裏に浮かんだのは、ずっと過去の記憶だ。神様が去った土地を襲った厄災。

柊は役目は十分果たしたと言った。しかし、神様のいなくなった土地はどうなるのだろう。幸せすぎて、そこまで考えるに至らなかった。いいや。違う。目を背けていただけなのかもしれない。何事もありませんようにと心のどこかで祈りながら、自分の幸せをただ貪っていた。

土地を護る神様は、あそこにはいないのに。

「どうだった？」

向葵は黙って首を横に振った。新たな情報が入ってきたというアナウンサーの声にテレビを見ると、上空から撮影した映像に切り替わったところだった。取り残された人が屋根の上で助けを待っている。屋根に登れた人はまだいい。逃げることができず、濁流に腰まで浸かりながら必死で電信柱に掴まっている老人もいた。今にも流されそうになっている。飼い犬を抱いて、ベランダから助けを求めている人もいた。

「最後に祖母ちゃんと話した人は、昼前に避難しろって言ったらしいんだけど」

「じゃあ、近くの避難所にいるかも」

「見てくる。さっき電話したら繋がらなかったし、直接行って確かめたほうが早い」

「俺も行くよ」

急いで車に乗り込んだ。横殴りの雨が、強弱を繰り返しながらフロントガラスに襲いかかってくる。まだ少し明るいのに、景色が滲んで道がよく見えない。言葉の出ない二人の代わりに、ワイパーのゴムとガラスの摩擦音がキュ、キュ、と鳴っていた。

注意深く走り、普段なら十五分ほどしかかからないだろう道を三十分かけて避難所に向かう。そこは小学校の体育館で、多くの人が集まっていた。

子供連れや老人、ペットもいる。誰もが疲れていて、不安そうだ。

「すみません、祖母がいないんです。ここに避難してきてないか調べてもらえますか？」

飛びつくように受付に向かい、避難者たちの名前が書かれた名簿に祖母の名前がないか見てもらった。しかし、いい返事は得られない。これほど落胆する向葵を見たことがあっただろうか。

「避難所がもう一ヶ所あるって」

「じゃあそっちに行こう。その前にご近所さんは逃げてきてない？」

「ああ、そうだった。そうだな、ありがとう。聞いてみるよ」

受付で隣人の名前を確認したが、同じだった。

もう一ヶ所の避難所は避難者の名前が貼り出されていて、自分で確認できるようになっていた。向葵の他にも家族がいない、連絡がつかない、と名簿を見に来る人があとを絶たない。それだけ多くの人が被害に遭ったのだ。廊下には避難所に入りきれなかった人たちが、不安を抱えたまま段ボールの上で休んでいる。

被害の大きさを目の当たりにするにつけ、どうしようもない罪の意識に囚われた。

結局、祖母の情報は得られず、車に戻った。窓を、天井を叩きつける雨は収まるどころか勢いを増しているようだった。

ラジオでニュースを確認すると、日が落ちて捜索が困難と判断され、明朝六時から再び捜索することになったという。

「吉乃、何考えてる?」

言わずとも向葵にはわかっているようだった。だが、答えられない。言葉にするのが怖いのだ。事実を認めるのが怖いのかもしれない。あんな光景を見てもなお、幸せを手放したくないという浅ましい思いがどこかにあるのかもしれない。

「なぁ、吉乃。何を考えてるんだ?」

「お、俺のせいで……、俺が……あそこを去ったから」

「──違う! 吉乃のせいじゃない!」

「違わないよ! 俺があそこから逃げたからこうなってる!」

テレビで見た、迫る死の恐怖に怯えている人たちの姿を思いだし、自分を責めずにはいられなかった。ただ、幸せを貪っていたことを恥じた。

「なぁ、向葵。俺と別れるのはつらい?」

「ああ、つらいよ」

「お祖母ちゃんが死ぬのは?」

「つ、つらい。死ぬほどつらい」

想像してしまったのか、向葵の声が震えた。あの優しい向葵の祖母が濁流に呑まれるなんて、そんな最期を迎えるなんて受け入れられない。

「向葵。俺をあの山まで連れていってくれ」

一瞬、返事はなかった。吉乃の言葉を噛み締めているのか、少し間を空けて聞かれる。

「まさか戻るつもりか？」

「だって、お祖母ちゃんが……っ！」

「吉乃……、また……犠牲になるのか？ 犠牲にして、いいのか？ 今度戻ったら、二度とあそこから出られなくなるかもしれないんだぞ？」

向葵の声は震え、掠れていた。

あの場所から逃げてきた時の、吉乃を連れ戻そうとする強大な力を思いだし、次こそは完全に捕まるだろうという予感があった。おそらく二度と山を下りられない。屋敷の敷地から出られるかも怪しいものだ。それでも戻ると決めた。人の命には代えられない。

「俺は死ぬわけじゃない。でも、このままだとお祖母ちゃんが危ない」

「だけど……」

「向葵。俺があそこに戻っても、また会いに来てくれるだろ？」

言いながら目頭が熱くなった。向葵を待ちわびた日々。あの頃に戻るだけだと。

「なぁ、向葵。俺に会いに来るって約束して」

季節が重なった時、向葵は訪れると柊は言った。吉乃が去ったあと、あの場所がどうなっているのかわからない。また戻れるとは限らない。戻れたとして、再び自分が神の身代わりとなれるのかも。場所そのものが消滅している可能性もある。

それでも、行くと決めた。

「頼むから……っ、約束してくれ」

そう訴えると、向葵は吉乃の手を摑んだ。ギュッと握るその手から、行ってほしくないという気持ちが伝わってくる。

「ああ、約束する。約束、するよ……っ。どんなことをしてでも、会いに行く」

「うん。待ってるから」

笑ったつもりだったが、ちゃんと笑えていないのがわかった。もっとしっかり笑いたかったのに。向葵はつらそうに眉根を寄せて、そんな吉乃を見ている。

「吉乃を……生贄に……差し出すようなことして、……ごめん……っ」

きつく抱き締められ、ゆっくりと息を吸い込み、向葵の体温を感じた。

祖母の命を選んだことが、嬉しかった。だから好きになったのだ。これからもっと好きになるだろう。

「吉乃、本当にごめん。俺の祖母ちゃんのために、戻ってくれ」

潔い人だ。向葵がとめるのを吉乃が振りきったことにしたほうが、とめたのに戻ってしまったと言ったほうが楽なのに、向葵は戻ってくれと言葉にした。

「そういうところが好きなんだ。それに、向葵のお祖母ちゃんも、大好きだ」

昼間テレビで見た、濁流に呑まれそうになる人々の映像を思いだした。あの人たちにも家族がいる。愛する人が。

命が流されてしまわないうちに、早く行かなければ。

「車を出して。交通規制でどこまで行けるかわからないけど、行けるところまで行って、あとは歩こう」

「ああ、わかった」

頭の後ろに手を回され、引き寄せられる。

「――ん……っ」

唇を押しつけるだけの、荒っぽいキスだった。額と額をつき合わせた向葵が、嚙み締めるように言う。

「ありがとう、吉乃」

頷くと、すぐに車に向かった。降りしきる雨をヘッドライトが照らす。

雨はさらに勢いを増していた。

あちこちで交通規制が行われていた。水没した道路や動けなくなった車を何度も見かける。それでも迂回を重ねて山の近くまでたどり着いた。懐中電灯を手に、車を降りる。

「行こう、向葵」

「ああ。暗いから気をつけろ。俺が先に行く」

山道はぬかるんで歩きにくかった。大粒の雨が次々と落ちてくる。風がうるさく、木々が大きくくしなっていた。山がひとつの怪物みたいに思えて、その体内をさまよい歩いているようだ。深く呑み込まれていく。

見覚えのある道ばかりだったが、なぜかたどり着けなかった。吉乃の屋敷に繋がる道かと思って進むが、もとの場所に戻ってしまう。

「やっぱりな」

慣れたふうに言う向葵が心強かった。落胆はしない。もとよりたどり着けないと思いながらのほうが、何度だって挑戦できる。

全身ずぶ濡れになりながら、それでも足を前に進めた。あんな思いをして逃げてきたのに、今度は必死でその場所へ向かっている。目的地は吉乃の別荘があったところだが、たどり着くのは向葵との別れだ。別れに向かって歩くのは、身を切るよりつらかった。

吉乃の足を動かしているのは、向葵の祖母や他の人たちの身の安全という、保証されていない見返りだけだ。

「くそ、また同じところか。もう一回行くぞ。吉乃、大丈夫か？」

「大丈夫だ」

はぁ、はぁ、と二人の息遣いがやけに大きく聞こえる。時折振り返りながら歩く向葵の気遣いに励まされた。

「なぁ、向葵。俺が……、はぁっ、またっ、神様に、なったら……」

「なったら？」

「お供えもの、してっ、お祖母ちゃんの、作った、ご飯」

あがった息の中に、ふっと笑いが混ざる。雨に濡れた向葵は一度立ちどまり、さもおかしそうに目を細めた。貼りついた前髪が、その表情にどこか懐かしむような、寂しがっているような影を落としている。泣いているようにも見えた。吉乃の頬にも熱いものが伝って落ちる。だが、雨が全部隠してくれるだろう。

「喰いしん坊だな」

そう言ったあと、向葵は再び歩きだした。

「だって……美味しかった。南蛮、漬けっ。他にもっ、もっと、向葵と一緒に、お祖母ちゃんの料理、食べたかったからっ」

あの優しい時間を思いだして、もう一度あんなふうに過ごしたかったと心から思う。

「祖母ちゃんに、頼んどくよ。雑煮もっ、旨いんだぞっ、よっと」

向葵は大きな段差を越え、手を出されて吉乃も摑む。力強く引きあげてくれる向葵に、心強さが増した。

きっと向葵の祖母は、何も聞かずに作ってくれるだろう。膳を二人ぶん並べてくれと頼めば、また黙ってそうしてくれる。そう思うと、力が湧いた。

「俺は、絶対にっ、護るよ。もう一回っ、神様に、なって、向葵のお祖母ちゃんも、町の人もっ、絶対に護るっ！」

ずるりと足が滑り、躰が大きく傾いた。斜面を滑り落ちそうになり、手を摑まれる。

「吉乃っ！」

「――っく！」

かろうじて滑り落ちずに済んだが、泥だらけだ。立ちあがり、また足を前に進める。

「くそ、いい加減に……着いてもいいだろっ！」

向葵が自棄気味にガサッと茂みを掻き分けた。すると、そこにはこれまでとは違う景色が広がっていた。不意を衝かれた格好になり、息を吞む。

静寂。

まるでモノクロの写真を見ているようだった。雨も風もなく、光も少ない。屋敷や街はそのままで特に荒れ果てたりはしていないのに、死に絶えた世界という感じがした。植物からは精気を感じず、建物は抜け殻のようだった。雨さえ降っていない。空は灰色の幕を張っただけの素っ気ない色が広がっている。

足を踏み入れると、自分たちから滴る雨の音が微かに聞こえた。

道端には、ヒトガタがいくつも落ちている。木彫りのそれは力をなくし、屍のように転がっていることしかできない。

「どうなってるんだろう?」

「わからない。屋敷に行ってみるぞ」

門が見えてくると、あまりの寂しさに自分がいた場所だと思えなくなった。建物は傷んでいるわけでもないのに、ここも魂が抜けたようだ。

自分が去ってしまったばかりに。

「……柊」

庭に落ちていた木彫りのヒトガタを見つけた。なぜかそれが柊だとわかった。坊ちゃま、といつも自分に呼びかけていた姿を思いだし、ただの木彫りのヒトガタに戻ったそれを両手で大事に拾う。

「こうなるってわかってて、送り出してくれたのか?」

どうしたらもとのようになるのだろう。どうしたら、もう一度この土地を護る神の代わりになれるのだろう。

「もう、遅いのかな」

目眩がし、向葵に支えられる。彼のほうも立っているのがやっとという様子だ。ここまで来るのに体力を使い果たした。精神力も。

「とりあえず、部屋に行って休もう」

かつて自分の部屋だったところに向かい、絨毯に座る。ベッドを背もたれにして二人並んで躰を休めた。どちらからともなく、身を寄せる。

ここに来たのは無駄だったかもしれない。こんなところにいても、向葵の祖母は助からないかもしれない。けれども、二人とも限界だった。一歩も動けない。

向葵が鼻歌を口ずさんだ。なんの歌か聞くと、子供の頃に祖母がよく歌ってくれていたらしい。

「向葵の声、好きだ」

「俺も」

「自惚れてるな」

「いいだろ。吉乃が好きな俺の声を俺が好きでも」

再び歌いはじめる向葵の声に包まれる。ゆりかごのような歌声だった。

「向葵のお祖母ちゃん、助かったかな」

くたくたに疲れた躰は、睡魔を快く迎え入れた。泥のように深く眠る。

どのくらいが経っただろう。自分を呼ぶ声に、目を覚ました。向葵に寄りかかったまま目を開けると、目の前に足袋を穿いた両足と着物の裾が見えた。

「柊……っ」

「坊ちゃま、お戻りになられたのですね。向葵様も」

辺りを見渡すと、来た時と同じ薄暗い景色が広がっているだけだ。だが、柊が人の形を取り戻した。それは、暗がりに見つけたともしびだった。

「柊さん。吉乃を頼むって言われたのに、結局ここに戻ってきた」

仕方ありません、とばかりに、柊は小さく頷く。

「柊。向葵のお祖母ちゃんが行方不明なんだ。俺が神様を放棄したから……っ、だからみんなが災害に遭ってる」

「どうしてお戻りになったのです？　せっかく解放されたというのに」

吉乃はここを出た時のことを思いだし、息を呑んだ。あの時は、自分の幸せしか考えなかった。結果に想像を巡らせなかった。十分役目を果たしたと言われ、その言葉をただ受け入れた。

向葵と一緒にいたいがために。

そう自分の気持ちを口にすると、柊は眼鏡の奥の目を糸のように細めて笑った。

「人々のために自らお戻りになるとは……ご立派になられました。神様の身代わりになったばかりの頃は、本当に手がつけられなかったというのに」

ここを出る時も言われた。人間だった頃、自分がどんなふうに生きていたのかも覚えている。誰かを思いやる心などなかった。ましてや、誰かの命を救う代わりに自分を差し出す気持ちも……。

「神様の自覚を身につけられた坊ちゃまに、もう恐れるものはありません」

「どういうこと？」

「どうぞ、ご覧ください」

窓の外を見ると、灰色の幕のようだった空に表情が浮かびはじめた。光が差し、次第に空が白みはじめる。雲が浮かんでいるのも見えてきた。太陽が顔を出し、吉乃がここを出る前と同じ姿へ戻っていく。

「すごい。吉乃がやってるのか？」

「違う、俺は何もしてない」

「あなたは神様なのですよ？　ここにお戻りになっただけで十分なのです」

目の前の景色を眺めていると、その向こうにさらにもうひとつ景色が広がりはじめる。それは、今登ってきた山や通ってきた道、テレビで見た濁流に呑み込まれた町の姿だった。

「見える。雨がやんでる」

「俺には何も見えないぞ。吉乃だけってことか」

どうやっているのか、自分でもわからなかった。だが、自由に多くのものを見渡すことができた。

雨がやみ、水が引いていく。もう試練は過ぎたとばかりに、朝日が傷ついた町を照らしていた。たくさんの人が救助されていた。それは一度におびただしい数の写真を見せられるような感覚だった。同時にいくつもの場面が飛び込んでくるが、ちゃんと一つ一つがどんな景色なのか把握できる。

「見つけた。向葵のお祖母ちゃん」

「無事なのかっ？」

向葵の祖母は、近所の人の車で避難所に向かっていたようだ。途中で立ち往生し、別の場所に避難したらしい。

「大丈夫。向葵のお祖母ちゃんは、お隣の人と一緒に逃げたって。途中で行き先を変えて、親戚の家に一時的にお世話になってたみたい。土屋（つちや）さんのおかげで命拾いしたって」

「なんで祖母ちゃんちのお隣さんの名前知ってるんだ？」

そう聞かれ、人間にはできないことをいつの間にかやってのけているのに気づいた。

「神様だからだよ」

やはり、自分の居場所はここなのだ。

そう痛感した。

ここしかないのだ。向葵とは生きられない。

「向葵。お祖母ちゃんのところに行ってあげて。今は総合病院にいる」

向葵の表情がわずかにこわばった。

「吉乃」

「俺はいいから、行ってあげて」

「吉乃っ！」

向葵も本当はわかっている。こうするしかないと。これ以外、道はないと。

「やっぱり……ここで生きるんだよな」

吉乃は頷いた。仕方のないことだ。

「俺が死んだあとも、ずっと一人で……そのために、戻ってきたんだもんな」

「一人じゃない。柊たちがいる。それに、また会いに来るって約束してくれただろ？　向葵が生きている間は会えるよ」

「でも、次に会えるのは、何年後かわからない」

「大丈夫だよ。俺は神様だぞ？　向葵だけ特別に通してあげる」

本当にそんなことができるのかは、わからなかった。けれども今は、こう言うしかない。

それは向葵も理解しているだろう。

「じゃあ、なんで泣いてるんだ？」

向葵の手が伸びてきて、涙を拭われる。頬を伝って落ちるそれに気づくなり、ポロポロと続けざまに涙が零れた。窓から差し込む朝日を浴びているからか、それはキラキラと光を放った。

特別な幸せはいらない。ただ、一緒に老いていきたかった。一緒に歳を重ねて、限られた時間をともに生きたかった。

「まだ、少し人間なのかも」

頬に添えられた手に自分の手を重ね、頬を寄せる。

向葵が四歳の時に出会った。庇護欲を掻き立てるような小さな頃に知り合い、屈託のない少年の彼を見せられ、子供と大人の狭間にいる彼の不安定な魅力を教えられた。大人になってからは、圧倒されながらその魅力に呑み込まれるように、さらに好きになった。

これからも時間が作りあげた彼の新しい一面を知り、魅了されるだろう。

「向葵、お婆ちゃんのところに行って」

「吉乃……っ」

「いいから、行って。俺はずっとここにいるから」

彼といられるのは、長い年月の中のほんの一瞬だ。だが、その一瞬があれば、永遠に他人の幸せを見守りながらこの地で神として生きていける。

「じゃあ、また来るから」

向葵はそう言って踵を返した。明日すぐに会えるような言いかただった。

また、今度。

軽く手を振り、その背中を見送る。窓からさらにたくさんの光が降り注いだ。


山に響く鶯の不慣れな歌声が、春の訪れを皆に知らせていた。

雪解け水がせせらぎとなり、それまで眠っていたものたちを優しく目覚めさせる。寒さは和らぎ、あちらこちらで命が芽吹いていた。

吉乃は屋敷の中からその様子を眺めていた。しばらくすると、家族で山菜採りに来た子供が、母親が少し目を離した隙に森を駆けあがってくるのが見えた。以前に比べてこの辺りは人の気配が増えたと、目を細める。

「危ないから、お戻り」

そう告げると子供ははたと立ちどまり、目をぱちくりさせた。しばらくそこに立ったまま辺りを見渡したが、踵を返し、母親たちのいるほうへ駆けおりていく。

実際に姿を見せたわけではない。今も吉乃の存在を認識できるのは向葵だけで、吉乃は屋敷の中から一歩も外へ出てはいなかった。それでも吉乃には多くが見え、多くを把握できる。そして、声をかけると伝わることもめずらしくはなかった。特に子供は敏感に何かを感じ取って、差し伸べられる吉乃の手から幸運を受け取っていく。

子供が母親と合流するのが見えると、安心して窓辺で景色を楽しんだ。

待ち人はまだ来ない。それでも、こうして待っている間は向葵に会える楽しみを味わっていられる。

季節はさらに巡り、夏になった。

その日は、朝から屋敷にいる吉乃のところまで少年の笑い声が聞こえてきた。弾けるような笑い声を聞いていると懐かしい気持ちになる。ヤマメ釣りの少年たちは、かつて吉乃が心奪われた人と同じように健康的な肌色をさらして無邪気に遊んでいた。彼と自分が違う時間を生きているなどと思いもせず、繰り返し同じ人と新しい出会いを重ねた日々を思いだす。そうやって彼を待つが、まだ姿を現さない。

実りの秋が来る頃、祭りの準備をする人々の浮き立った雰囲気が伝わってきた。

それでも待ち人は来ない。

「坊ちゃま」

「ああ、柊。どうかした？」

秋の夕暮れの中で、吉乃は振り返った。窓の外は熟した柿のような太陽が、山を赤く染めている。それは稜線に近づくにつれていよいよ色を濃くしていった。

「美しい景色ですね。坊ちゃまの存在が、この景色を護っているのですよ」

「そうなのかな」

「はい。坊ちゃまも神様としての貫禄が出て参りました」

今も柊は吉乃を『神様』ではなく『坊ちゃま』と呼んでいる。そう呼ぶように言ったわけではないが、互いにそれがしっくりくるようだ。ここから逃げださないよう、退屈させないようにと埋められたヒトガタは、今は柊だけになっていて、残っている建物も吉乃のいる屋敷だけになった。

「もうすぐ冬が来るな。向葵に会える」

吉乃にとって人の一年は、あっという間だ。以前、この場所は吉乃の感覚に従って季節が移ろっていたが、自分が何者か吉乃が思い出してからは外の世界と同じように景色が変わるようになった。けれども時の流れとは別のところで生きている吉乃にとって、季節がとまったままでも速く移ろっても同じだ。

「少しお疲れなのでは？」

「うん、そうだな。少し眠い。せっかく貫禄が出たって褒めてもらったのに。神様代理も疲れるんだな」

「大変な役割を担っておられるのです。当然でございます。少しお休みください」

促されてゆっくりと目を閉じた。

そして冬。

吉乃は、山を登る足音が近づいてくるのを感じていた。その足取りは軽く、まっすぐで、迷いがない。聞いているだけで心が満たされるそれは、屋敷のすぐ近くまで来ている。この時ばかりは、自分が何者だったか忘れていた頃の気持ちに戻る。

外の世界からここに足を踏み入れることができるのは、決まった人物だけだ。

「吉乃ぉ〜」

低く、よく通る声で名前を呼ばれ、「ああ、この声だ」と目を閉じて味わった。細胞の一つ一つが幸せで満ちる。心が潤い、恵みの雨のあとに植物がピンと葉を広げるように、吉乃も生き生きとした気持ちになる。

窓から外を見ると、雪景色の中に彼がいた。すぐに部屋を飛び出し、階段を駆けおりて彼のもとへ向かう。

「向葵……っ、会いたかった！」

「俺もだ」

待ちわびていた人の胸に飛び込み、首に腕を回して抱きつく。力強く抱き締め返され、しばらく互いの存在を感じていた。ぴったりと躰をつけ、匂いを嗅ぎ、込みあげる気持ちに目頭を熱くする。

ひとしきりそうしたあと躰を離し、吉乃は向葵と見つめ合った。

「ん……」

口づけ、目を合わせて、また口づける。そうやって向葵がここにいることを確かめずにはいられなかった。何度繰り返しても足りない。たった一日しかない向葵との時間を、全部彼で埋めたかった。一秒だって無駄にしたくない。

「久し振り」

「ああ、久し振りだな」

向葵は四十五歳になっていた。その男ぶりは、吉乃がここにいると決めた時からさらにあがっていた。二十代のそれとは違い、経験を重ねたぶん別の魅力が彼を包んでいた。

まっすぐな若さの代わりに、時間に磨かれた飴色の家具たちのように深みを増している。傷ひとつ取っても、魅力でしかない。

「向葵様、ご無沙汰しておりました」

「相変わらずここは穏やかだな」

屋敷の周りは、一面の雪で覆われていた。

「夏は蝉の声でうるさいよ。向葵は冬にしか来られないから知らないだけだ」

吉乃は窓の外に、広がる景色を眺めた。そして、果たせなかった約束を思いだす。

『大丈夫だよ。俺は神様だぞ？　向葵だけ特別に通してあげる』

あの言葉は偽りとなった。向葵は幾度となく会いに来ようとしてくれたが、彼がかつてとおってきたここへの道は二度と開かなかったのだ。そして予想していたとおり、吉乃もまた屋敷の敷地から一歩も出ることができなくなった。

一度この地を去ったことで、何かが変わったのかもしれない。けれども寂しくはなかった。吉乃の願いを覚えていた向葵は、祖母が生きている間、店舗兼倉庫の神棚に彼女の手料理を供えてくれた。それが吉乃の慰めになったのは言うまでもない。

そのまま年月は過ぎ、年号が令和になった年に向葵は交通事故で亡くなった。享年四十五だった。

今会いに来ているのは、彼の魂だ。十二月のつごもりの日。この地域では先祖の霊が帰ってくると言われている。一年に一日だけ、二人の逢瀬（おうせ）は叶う。

向葵の魂がこうして会いに来るようになって、何年経ったのかもうわからない。それほど長い年月が過ぎた。

「吉乃？　どうかしたか？」

「ちょっと……眠くなってきた。せっかく向葵が会いに来てくれたのに」

自分の力が弱まっているのを感じる。神様になったからといって永遠に生きるわけではないのかもしれない。

せめて今だけは――限られた向葵との時間を無駄にしたくなかった。それなのに。

「柊さん、そろそろ吉乃を連れてっていいか?」

「もう大丈夫でしょう。坊ちゃま。この土地を離れる時が来ました。向葵様と一緒に行かれていいのですよ」

耳を疑った。自分が去れば、あの時と同じことが起きる。災害が人々を呑み込む。そう訴えると、柊は穏やかな笑みを浮かべ、諭すように言った。

「戻ってこられたのです。一度はこの地を去った神様が、再びお戻りになったのです」

「え?」

「本物の神様が戻ってこられたのですよ」

「本物の神様が?」

信じられなかった。どういうことかと視線で問うと、柊はそれまで幾度となくしてきたように、目を細めながら優しく教えてくれる。

「坊ちゃまの人々を思う気持ちが伝わったのでしょう。今度こそ、わたくしの役目も終わります。ここで先に朽ちた者たちとともに、眠りにつくことができます。わたくしも少々疲れました。歳なもので」

最後に深々と頭をさげたその姿が、ゆっくりと色を失っていく。向こうの景色が透けて見え、ついには消えた。

「——柊っ!」

吉乃の声は柊のいない空間をひと巡りし、吸い込まれていった。跡形もなく消えた場所を、ぼんやりと眺める。

「一緒に行こう、吉乃。もう十分、お前は頑張ったよ」

「本当に？」

「ああ、本当だ。十分頑張った。だから、俺と行こう」

伸ばされた手を見て、それを摑んだ。しっかりと握り返される。

ずっと我慢していた。ずっと、好きな人と一緒にいたかった。それでも、自分に課された役割を果たすためにここに居続けた。人々のために。悲劇を起こさないために。

「もう『また今度』って言わなくていいんだぞ、吉乃」

「そうか。二度と向葵と離れなくていいんだな」

「ああ、そうだ。長かったな。長い間、頑張ったな」

やっと、ずっと一緒にいられる。そう思うと、熱いものが込みあげてきた。二度と離れなくていい。たったそれだけで満たされた。

幸せの中で、吉乃は向葵とともにこの地にさよならを告げた。かつて、身勝手な自分が生贄として埋められた地に。向葵と出会った地に。

それじゃあ。

笑い、足を踏み出す。すると、どこからともなく柔らかな声が聞こえてくる。

こんなに長い間、すまなかった。今までご苦労だったね。

それは、光のようでもあった。包み込むような優しさで、吉乃の疲れた躰を癒やしてくれる。それが誰の声なのか、確かめるまでもなかった。

いいえ、いいんです神様。神様のおかげで向葵に出会えましたから。

吉乃はそう心の中で答えた。神様がこの土地を去ったから、生贄になったから、今がある。この先に見えるのは、ただただ明るい未来だけだ。

好きな人との旅路がようやくはじまる。

あとがき

皆様、かんこ踊りというのをご存じでしょうか？

作中で登場した祭りは、かんこ踊りをモチーフにしております。二十年くらい前だったか、友達がかんこ踊りに夢中でして、そのよさを熱弁され、ビデオを送られ、興味を持ちましたところ私もまんまとその虜となりました。以来ずっと心を奪われたままでございます。

一度は観に行ってみたいです。実際目の前で観るとすごい迫力なんでしょうね。太鼓の振動や踊り手の熱みたいなものは、ビデオでは到底味わえないのだと思います。

興味がある方はぜひ、かんこ踊りで検索してみてください。荘厳で美しい世界に出会えると思います。

そして罰当たりなことに、そんな雰囲気の中で受と攻が……、というシーンを書きたいと長年想いを募らせておりましたので、今回この作品を世に送り出すことができて嬉しいです。

私が思い描く雰囲気が、皆様に伝わっているといいのですが。

祭りのシーンはお気に入りとなりました。あやかしが紛れていてもわからないような、ちょっと不思議な空間というのは好きです。初っぱなにそのシーンを持ってきたわけですが、皆様をこの作品の世界にぐっと引き込めていたら、と願うばかりです。

あ、そうそう。余談ですが、私は大学で文化人類学を専攻しておりまして、祭りにおけるトランス状態などについて少しばかり学んだのですが、ゼミの教授がちょっと変わった方で、クラブでナンパした子に狐憑きの話を熱弁したら逃げられたそうです。そら当たり前やろ！　とみんなでツッコミました。先生はお元気かしら。フィールドワークに行った先（僻地の漁村）で、腹を壊して寝込んだのはいい思い出です。

先生、軽い甲殻類アレルギーの私ですが、獲れたての甘エビ美味しかったです。新鮮だったからか痒くなりませんでした（よい子のみんなは絶対に真似しないでください）。腹を壊した原因は、昼に喫茶店で食べたナポリタンだと思います。ちょっと変な匂いでした。

それでは、イラストを担当してくださった小椋（おぐら）ムク先生。素敵なイラストをありがとうございました。とても雰囲気があって、何度も眺めてしまいました。

そして担当様。いつもご指導ありがとうございます。今後ともよろしくお願いします。

最後に読者様。この本を手に取っていただきありがとうございました。皆様の存在があるからこそ、作家という仕事を続けられます。私は読書が好きなので、自分が多くの本に楽しませてもらったように、私も自分の作品で誰かを楽しませたい。そう思って努力しています。

この本が皆様に充実した読書タイムをご提供できれば幸いです。

中原一也

中原一也先生、小椋ムク先生へのお便り、
本作品に関するご意見、ご感想などは
〒101-8405
東京都千代田区神田三崎町2-18-11
二見書房　シャレード文庫
「つごもりの夜にもういちど」係まで。

本作品は書き下ろしです

つごもりの夜にもういちど

2023年 5月20日　初版発行

【著者】中原一也

【発行所】株式会社二見書房
東京都千代田区神田三崎町2-18-11
電話　03(3515)2311[営業]
　　　03(3515)2314[編集]
振替　00170-4-2639
【印刷】株式会社 堀内印刷所
【製本】株式会社 村上製本所

落丁・乱丁本はお取り替えいたします。
定価は、カバーに表示してあります。

ISBN978-4-576-23048-1

https://charade.futami.co.jp/